路西法薰鴨日記

是風不是你——著

目次

第一章　男神路西法

在安然渡過二〇一二這個超級世界末日的預言之後，芳齡一十八的青春無敵美少女——郝寶貝，終於如願考上她心目中的理想大學。

會取「寶貝」這麼「俗」的名字，是因為她爸爸的爸爸，也就是她爺爺，一直很希望有個寶貝孫女陪伴左右，所以身為孝子的郝爸爸，就只好遵從父命，給女兒取了這麼個霹靂無敵的菜市場名。

雖然，郝寶貝不信上帝也不拜神明，但在大考前讀讀聖經、抱抱佛腳，總還是發揮了點作用。她考上的這所大學不但風景優美而且離家近，省了不少外宿及通車的麻煩。要知道，一個貌美如花的單身女子獨自住宿，是件多麼引人犯罪的事，天地良心，她可不願意承擔這種罪過。

可惜美中不足的是，郝寶貝從小到大的死對頭——趙明佳，居然也考上了這所大學，而且還跟她同一個系。

「天哪！這世界怎麼會有這麼巧的事？比走在臺北街上踩到狗大便的機率還低。」聽到這個消息的郝寶貝，簡直快要崩潰。

「也沒那麼誇張。」見女兒那鬼一樣的表情，郝媽媽噗笑道：「再怎麼說，人家趙爸爸和趙媽媽都是醫生，明佳的哥哥又是個高材生，他跟妳同一所學校，還可以順便教教妳功課，多好。」

「我才不稀罕。」翻了個白眼的郝寶貝繼續抱怨，「都怪你們多嘴，七早八早就把我的祕密給講了出來，搞得那些街坊鄰居，人人都知道我肖想讀的學校，趙明佳肯定是故意的，誰不知道他從小就像個跟屁蟲一樣，喜歡黏著我。」

「那也沒什麼不好，多個人陪妳，這樣我才可以放心出門。」郝媽媽拿起一個超大購物袋，轉身開門。

「就算沒人陪我，妳也從來沒有不放心過啊！」低頭繼續滑手機的郝寶貝咕噥。

不過仔細想想，和趙明佳同一所學校也不錯，他這個人雖然不學無術，又長得不怎麼樣，但是對郝寶貝卻是百依百順，可謂是呼之即來、揮之即去的工具人。還有，趙明佳的哥哥趙明師是她未來的學長，有他們兩人在學校罩著郝寶貝，想必覬覦她美色的那些臭男生，也不敢隨便騷擾她了。

「嘿嘿嘿……」一想到以後可以在校園裡橫行，讓一群男生對她只能遠觀又不敢褻玩的虛榮畫面，郝寶貝就不禁得意的笑出聲。

然而，事實總和想像有很大的差距，號稱多采多姿，新鮮又歡樂的大一生活，並沒有郝寶貝想像中的美好。原以為被壓榨了六年之後的她，在逃出國、高中的升學痛苦後，就可以為所欲為了，結果……

會在校園裡單獨走來走去的，都是一堆戴著厚重眼鏡，臉上滿是坑疤，只會低頭滑手機的四眼田雞男。難得有幾個眉清目秀點的歐巴，又總是夾雜在一群肌肉男當中，更別說，那少得像是稀有動物的帥氣陽光美少年，身邊多是打扮得花枝招展、張牙舞爪，巴不得把他拆吃入腹的女妖精。

「唉……」嘆了口氣的郝寶貝，不禁自問：「難道，我這四年的大學生涯，就要終結在這種沒有愛情滋潤的悲催下嗎？」

「我說妳啊！眼光不要太高，想挑個高富帥，自己也得先是個白富美才行吧！瞧瞧妳這個樣……」同學羅思思不屑的瞄了她一眼，諷刺說。

「呿！我怎麼樣？」都說同性相斥果然一點兒也沒錯，郝寶貝知道羅思思她就是嫉妒，嫉妒自己長得比她美，比她受歡迎。

羅思思平常在男生面前裝得像朵白蓮花，但暗地裡就是個綠茶婊，以前在女校這種人見多了，郝寶貝才不會上她的當。

但畢竟都是同學，還要相處四年，郝寶貝也不好得罪她，所以見羅思思扭腰擺臀的走開後，才又繼續叨唸：「就算沒有白馬王子，也不能給我一群鐘樓怪人，哪怕是關上燈，我也親不下去啊！尤其是像我這種天仙般的花樣女子，就算沒有金城五那樣的男神匹配，也絕不可以拿那些不解風情的臭男生，來濫竽充數。」

在心裡暗暗打定主意後，郝寶貝便把注意力都轉移到課業上，至少，努力是唯一可以在成績上得到忠誠的回報。所以，就算是窮極無聊的體育課，她也卯足了全力給它拚下去。

可是，向來只會埋頭苦讀，現在卻過度運動的下場，就是乳酸堆積在四肢肌肉造成的酸痛，還有腰也差點兒斷掉。天真的郝寶貝，根本沒想到大學的體育課，居然比高中的還要殘忍還要操，這還讓不讓人活啊？

扶著快斷掉的腰，拖著兩條幾乎要廢掉的腿，才剛回到家的郝寶貝，就收到趙明佳的賴。躺在沙發上的她，懶懶的發了個訊息：「我快死了。」

「怎麼了。」趙明佳秒回。

「體育課打羽球，誰知道光是暖身運動，就讓我鐵腿了。」

「不會吧！這樣就鐵腿，妳也太廢了。」手機那頭傳來趙明佳的恥笑。

「……」

見郝寶貝已讀不回，怕她生氣的趙明佳趕緊敲字，「那我幫妳按摩按摩。」

「你會？」

「當然，我媽可是復健科醫生。」

過了好一會兒，郝寶貝才回道：「還不快來？」

趙明佳五歲那年搬家，成了郝寶貝的鄰居，雖然他小的時候孤僻又不太愛說話，可長大後卻一百八十度大轉變，成了整天黏著郝寶貝，耍賤逗她開心的痞子男。

只有郝寶貝這個獨生女的郝家父母，一直把趙家兄弟當自己的親生兒子看待，所以趙明佳到郝家，就像進自己家廚房一樣，完全不需要按鈴通報。要不是有防備意識的郝寶貝堅決反對，恐怕郝媽媽就連家裡的鑰匙都會給他們兄弟倆。

說來也真是巧，郝寶貝和趙明佳不僅同年同月生，而且進同一所幼稚園，念同一所小學，就連國中三年都不能倖免於難。

整天像個跟屁蟲的趙明佳，不知道斷送了郝寶貝多少桃花，氣得她一怒之下填了所高中女校，這才順利逃過趙明佳如影隨形的可怕魔咒。然而好死不死的，大學居然又跟他成了同學。

為了這件事，郝寶貝沒少抱怨過。

但因為郝爸爸工作忙碌經常不在家，郝媽媽為了節省開銷，更是常常留戀在各大賣場搜羅特價品，反而把她這個看似掌上明珠，實則連個棄嬰都不如的獨生女兒，丟在家裡自生自滅。

要知道，一個人的生活真的很不容易，燈泡壞了要有人換，水管堵住了要有人通，就連家裡的鑰匙忘了帶，也要有人翻牆幫忙開門。所以，投鼠忌器的郝寶貝，也不敢明目張膽的去得罪趙明佳，畢竟，家裡有個可使喚的男傭，還是方便許多。

就像現在，累得像條狗的她，正舒服的躺在沙發上，享受趙明佳超人工智慧的按摩。

「嗯嗯……」

「舒服嗎？」

「討厭！不要問這種奇怪的問題。」

「妳要說舒不舒服，我才知道要用力還是輕一點啊！」

「當然……嗯，要用力一點，太輕會很癢……」瞇著眼，躺在沙發上的郝寶貝，就像徜徉在充滿南洋風情的SPA館裡，還有個人專屬的按摩師為她服務，只要不去管按的人是誰，想像還是可以很美好的。

可是，就在郝寶貝緊繃的肌肉持續放鬆之時，原本軟綿綿的腰上突然「咔！」的一聲，痛得她當場慘叫。

「啊——要死了，你幹嘛那麼用力？」怒目圓睜的郝寶貝咬牙，恨恨的罵著身後的趙明佳。

「是妳自己說要用力的。」一臉無辜的趙明佳回道。

「那也不要使出你吃奶的力氣好不好？想把我的腰折斷啊！」郝寶貝一手扶著被擰痛的纖纖細腰直喊疼。

「哈！就妳這腰身，粗得跟水桶一樣，滿滿一圈都是肥肉，我再怎麼用力壓也不會斷的啦！」趙明佳大笑。

「死明蝦、臭明蝦，居然敢說我的腰粗，你不要命了？」郝寶貝無預警的伸腳一踢，打算給趙明佳一記顏色瞧瞧，沒想到他的身手倒快，人如其名，像隻蝦子一樣彈得遠遠的。

逃過一劫的趙明佳，居然還一副奸人得逞、幸災樂禍的樣子看著郝寶貝，讓她更來氣，「要不是打球打到四肢無力，我才不會這麼輕易的放過你，免錢的果然都不管用，看來我還是去貼X隆巴斯好了，你這傢伙根本就是公報私仇。」

鬥不過趙明佳的郝寶貝，扶著差點斷掉的腰站了起來，開櫃子拿醫藥箱。

「我哪敢跟妳有什麼仇，明明就是妳利用完了我，藉機想過河拆橋而已。」好心被雷親的趙明佳委屈。

「我利用你？那也要你心甘情願被我利用好不好。」吃定趙明佳的郝寶貝瞪了他一眼，然後用力的撕開包裝，掀起衣角，將那一大塊白色貼布貼在自己的後腰上。

瞬時，冰涼的舒適感在肌膚上傳了開，這才稍稍緩和了她剛才的疼痛和怒氣。深吸口氣的郝寶貝，感到一陣解脫，她一屁股坐在沙發上，也懶得和趙明佳鬥嘴。

趙明佳意識到郝寶貝的怒氣，不敢吭聲，可是又覺得無趣，只好摸著鼻子開冰箱找水喝，還不甘寂寞的碎碎唸：「累死了，一身都是汗，幫妳這隻『母豬』按摩還真是要人命。」

「你——說——什——麼——？你這隻死明蝦居然敢說我是母豬，簡直找死！」氣極的郝寶貝頓時肚子一用力，發出河東獅吼功，這才把趙明佳嚇得飛也似的跑出家門。

見趙明佳一副狼狽出逃的糗樣，郝寶貝心裡不禁樂得開花，「男生就是賤，非要這麼吼才會怕，切！」

甩甩手，人工智慧按摩的效果還真是不錯，手臂上的肌肉都鬆開了，也不那麼痛了，郝寶貝精神一來，趕緊把放在桌上的校刊打開，看看這一期都寫了些什麼。

原來，剛接受學長姐薰陶，而成為八卦社一員的郝寶貝，了解到學校裡的任何風吹草動，都要無限放大成天搖地動，那樣的標題才夠聳動，才夠吸引人。可要如何創造議題，寫出奪人眼球的新聞，還是要用心培養出細膩的觀察力才行。

八卦社是這間學校社員最多、資訊最流通、八卦消息最豐富的社團，社長趙明師就是趙明佳的哥哥，目前就讀三年級，也算是校園裡響叮噹的大人物。

雖然說是趙明佳的哥哥，但他人長得眉清目秀、儀表堂堂，和痞子樣的趙明佳根本是不同等級的類型。就因為趙明師長得太秀氣，所以常有搞不清楚的鄰居，誤以為趙明師是隔壁老師家的小孩。

郝寶貝剛入社時，就聽說有許多女同學是因為趙明師而加入社團，可見他的魅力超級無敵。如果不是趙明師經常拿著一疊厚厚的情色八卦雜誌，不曉得的人，還以為他是個優秀文青哩！

雖然郝寶貝剛入校門時，也對大學裡各種形形色色、五花八門的社團驚為天人，尤其是「ＡＣＧ動漫研究社」，對她這種醉心動漫的二次元腐女而言，簡直是天堂。

「那些社團都是掛羊頭、賣狗肉，專門拐騙無知少女來的，像妳這種頭腦簡單的生物，還是去我哥的八卦社比較安全。」趙明佳很認真的警告郝寶貝。

「呿！你才頭腦簡單。」對趙明佳時不時的諷刺，心情好的郝寶貝可以不予理會，「像我這種清純、可人又有氣質的女文青，怎麼能跟時下的那些酸男潮女一樣，到處窺探別人家的隱私？」

「哈哈哈！」趙明佳誇張的大笑三聲，「不曉得誰，整天都在八卦哪個跟哪個搞基情。」

「臭明蝦。」怒瞪的郝寶貝拿起背包，就朝趙明佳的身上打，沒想到，一份期刊就從慌亂逃跑的他身上掉了下來。

「咦！這什麼？」好奇的郝寶貝定睛一看，原來是八卦社的最新期刊。

「ＯＭＧ，這個……」原本眼睛就大的郝寶貝，恨不得把眼皮給撐更開，好看清楚這篇報導裡照片的人物。

不看則已，一看驚人。

自此後，一股神奇的力量就這樣牽引著郝寶貝，進入這個神祕、詭譎、腥羶，又充滿刺激的八卦圈裡，不可自拔。

☆ ☆ ☆ ☆ ☆

話說，到底是什麼樣的神報導，居然能把郝寶貝這個從幾近排斥，甚至不齒八卦社的人，變成一個全然匍匐的崇拜者？

原因就是——有個帥氣超越男神楊陽，魔鬼身材逼近韓星李敏號，美貌媲美明星鹿涵的香港轉學生，已經成了校園裡眾多女同學競相追逐的風雲人物。

打從郝寶貝進到這間學校以來，除了單身的四眼田雞男和趙家兩兄弟，就沒什麼機會接近帥哥和美男，所以，人物採訪成了她最容易，也最堂而皇之的接觸方式。而這樣的好康，除了成為八卦社記者，還有誰可以？

於是，郝寶貝馬上接受趙明佳的建議，填了入社申請書。只是社規強調，社員至少要入社滿一年才有資格成為採訪記者，而她這個一年級的新生，連寫新聞稿的基本要求和規範都不懂，更遑論要採訪、拍照、編輯和寫報導。

可為了接近那個轉學生，郝寶貝死皮賴臉、胡攪蠻纏，甚至是以死相逼，這才讓社長趙明師舉雙手投降，破例讓她成為記者學姐的跟班。

正所謂「初生之犢不畏虎」，不對，是「愛情足以戰勝一切」，此時的郝寶貝為了她的白馬王子，未來美好人生的另一半，即便橫在她面前的是一片刀山火海、龍潭虎穴，她也會奮不顧身的舉刀——闖過去。

時間來到接近中午的十一點半。

為了採訪心目中的男神而興奮一整晚的郝寶貝，頂著兩隻熊貓眼，懷抱一顆忐忑不安卻又激動非常的心，跟在記者學姐的身後，一路來到那名轉學生的教室前。只是下課鐘還沒響，走廊上就已經擠滿了各種型男色女，無一不伸長著脖子，口水直流的緊盯著教室裡的特定目標瞧。

雖然，學姐在來此之前，就不止一次的告訴郝寶貝，這個轉學生已經在校園裡造成很大的轟動，也提到她們可能面臨被無數花痴排擠，被成群色男推倒的困境。然而聞名不如見面，沒有冒險犯難的精神，又怎麼虜獲美男子的心？

一想到她的白馬王子，就困在那危險重重的荊棘之中，捲起袖子的郝寶貝緊抓住手機，使出渾身解數，拳打左邊痴男，腳踢右邊怨女，在周身一句句撻伐與咒罵聲當中，終於成功的擠到人牆的最裡面。

但讓她感到訝異的是，那第一眼見到的是個戴著黑框眼鏡、眼角下垂，講話慢斯條理的老教授，他正站著講臺上心無旁騖，一副山塌下來都不干我事的專注樣。想想這外頭都已經人山人海，快鬧翻天了，他老人家居然還可以文風不動、若無其事的講課，其專業認真之精神實在是令人佩服、佩服。

其實說到底，郝寶貝也曾是老師們眼中努力讀書、勤勉學習的好學生、乖寶寶，在上大學以前，她的學期成績從來沒有掉過校排兩百名之外，即使，女校的人級數剛好也不到兩百人。因此，她對用心教學的老師特別崇拜，也特別有好感。

當然，崇拜、好感不能當飯吃，教授會立即回以「來修我的課，就是對我最崇高的敬意。」以免，下學期他會因為沒有學生修課，而落得打包回家吃自己的冏況。

唉……都說文人風骨，但在現今社會為了賺幾斗米養家，風骨也只能用來安慰、安慰自己而已。

想到這裡，郝寶貝不禁替老教授心酸了起來，只好恭敬的用眼神向他老人家一拜，而後繼續今天最重要，也關乎她一生幸福的事。

那就是，尋找傳說中的絕美男神——路西法。

魔王路西法——這個古希臘神話中的晨曦之星；基督教裡的絕美創世天使；詩人但丁筆下的高傲魔王，有著欲與神同等，不願屈服人子耶穌的驕傲與自信。

而學校裡的路西法本名陸西華，會有路西法這麼瘋狂又特殊的封號，全是因為他不僅人長得帥，重點是他有顆絕頂聰明的腦袋。

打從路西法轉到這間學校，立刻成了全校男女學生為之瘋狂的超級偶像。即使是人人稱羨的俊男美女，也無一不撲倒在他的牛仔褲下膜拜、臣服。

人帥連走在路上都能刮起一陣旋風，聽說，只要是路西法的必經之處，美女的短裙隨時都會被風翻飛，帥哥的眼鏡也總是被摔得粉碎，就連老是繃著一張撲克臉的教官，都要對他奉承諂媚。

可惜，路西法的性情冷漠又不喜歡和人閒聊，要想靠近他見上一面，除非是跟他選同一門課，也因此，對學校產生了很嚴重的「路西法效應」。

每每路西法所上的課程，教室甚至是走道都會擠進一大堆旁聽的學生，不僅造成教授們教學上的困擾，也讓原本獨享路西法丰采的正牌同學，感到煩惱與厭惡。於是爭風吃醋、打架搶位子的情形越演越烈，無奈的校方只好祭出封鎖令，除了選課生可以跟路西法同在一間教室外，一律關門授課。

然而，郝寶貝對這樣完美無缺，完全不可能出現在人類社會裡的頂級男神，卻轉到這所平庸又毫無亮點的校園裡，實在感到有些莫名。但細想之後發現，這不全都是因為——她，在這所學校的緣故嗎？

沒錯！這十八年來，什麼浪子、渣男，都不曾動搖過郝寶貝這顆純淨無瑕的心，有道是：「貧賤不能移、富貴不能淫、威武不能屈。」郝寶貝辛辛苦苦守身如玉這麼多年，為的不就是等候這位上帝派來的絕世情人嗎？

「噢！上帝啊！為了感謝您對我的恩賜，從今天起，我決定每天虔誠的祈禱。」默默的向上帝禱告完畢後，郝寶貝便將目光精準的掃向教室裡的各個角落。然而，教室裡黑壓壓的一片，不是看著路西法傻笑，就是拿手機拍照上傳，居然沒有一個學生聽教授在上課。

「哇靠！這些學長、學姐也太混了，就算老教授講話的語調沒有高潮起伏，念書又跟念經沒什麼兩樣，但看在他老人家為五斗米折腰的分上，至少要拿本書擋住人家的視線吧！」

真是——太傷人了。於心不忍的郝寶貝搖搖頭，再次把目光集中向前看去，原本興奮又激動的心情，變得更加的忐忑與不安。

這使她不禁又再次暗自祈禱：「路西法啊路西法，如果你和我心有靈犀，就不要再故作玄虛了，趕緊抬起頭來，讓美麗的姑娘我，見上一面吧！」

也許，是郝寶貝跟上帝許的願太虔誠，又或許路西法真聽到她的心聲了，只見一道靈光像閃電似的，迅速的從她眼前穿過。緊接的是一對邪魅又蠱惑人心，同時閃著耀人光芒的雙眼，就這麼毫不遮掩，赤裸裸的向郝寶貝直視而來。

那是一對極為深邃的褐色雙眼，即便是在既濃且密的長長睫毛下，也無法阻擋它銳利又懾人的眸光。

完全看不到瑕疵的白皙臉龐，不斷散發出高雅卻不張揚的貴氣，高挺的鼻梁，性感又迷人的粉色脣線，還有稜角分明的臉型輪廓，再與那一頭柔亮而微捲的淺褐色短髮搭配在一起，遠遠看去，就像是上帝精雕細琢下的完美作品。

而坐在一堆宛如黑色蘿蔔的人頭坑裡，簡直帥到破錶的路西法，僅僅是以右手撐著那張微側的俊臉，用一種彷若戲謔的淺笑看著郝寶貝，就讓她的心臟，像受到強力電擊似的猛烈跳動。

那是一種無法用言語形容的悸動，像是活了十八年後才發現，原來心臟的肌肉可以承受這麼強烈的壓力，又像是被小貓、小狗的萌樣撓到時，骨頭都要融化成水的感覺。

就在眾人的推擠與謾罵中，路西法終於看到了郝寶貝，然而就因為他的注視，郝寶貝的四肢頓時像是被雷達鎖定般，完全動彈不得。

男神路西法果然名不虛傳，因為他周身散發的神采，已經完全閃瞎了郝寶貝的眼睛，讓她情不自禁的感到狂喜又狂悲。喜的是，她終於等到了自己心目中，終極完美的男神；悲的是，如果路西法不喜歡她，那郝寶貝該怎麼活？

天哪！世界上怎麼可以有路西法這種人？他不是神，卻是少男、少女們心目中的神；是個人，卻又完全不屬於人類這個世俗的地方，難怪，學姐們只要一講到路西法，各個都成了仰慕膜拜的花痴……

而就在路西法將眼神瞥離郝寶貝的那一刻，驚恐、落寞、孤獨又害怕的心情，瞬間淹沒了她的理智，讓伸長十指的她，幾近瘋狂的想要撲向路西法。

這時的郝寶貝終於了解，什麼叫「一見鍾情」，什麼是「問世間情為何物，直叫人生死相許。」那是一種沒了對方，心臟就會自動停止跳動的可怕魔力，而這種吞噬人心的力量，除了神造的魔王路西法，還會有誰有？

自從成了八卦社的記者小跟班後，只要是沒有課的空檔，郝寶貝幾乎都在追著路西法跑。即使，圍繞在路西法身邊的痴女怨男，總像潮水一樣來了又去，去了又來的從不間斷，但打死不退的郝寶貝，依然為了爭取多一點的時間瞭解他，而奮勇向前。

因為，追隨路西法背影成了郝寶貝每天最專注，也最興奮的幸福時光。

為了不錯過路西法的點點滴滴，郝寶貝還特別去買了本日記，把每天觀察他的一舉一動，都詳細的記錄在這個日記本裡。

無論是颳風、下雨，只要路西法到學校上課，郝寶貝就一定能追到他的行蹤。雖然這大大的滿足了郝寶貝對路西法的偷窺慾，卻也讓她的良知，在現實與幻想、道德與私慾之間產生了拉扯。

只是，郝寶貝這種看似對路西法的瘋狂舉動，卻讓每天等著她回家的趙明佳，感到很不是滋味。

趙明佳因此極度討厭路西法，甚至常說他的壞話，「都說紅顏禍水，這長得太帥的男人也不好，要嘛是偽娘，要嘛風流成性，我覺得像妳這種沒有社會經驗的單純少女，還是離那種賤男遠一點，比較安全。」

「講得你好像很有社會經驗？」郝寶貝吐糟他。

可趙明佳沒理會，從教室走到餐廳這不算長，也不算短的二十分鐘裡，他在郝寶貝耳邊的嘮叨，就沒有片刻停止過。好幾次郝寶貝都氣得想打斷他的話，但礙於在校園裡人多口雜，她為了保持自己的淑女形象，沒有發作。

況且誰會想到，平常超懂得察言觀色的趙明佳，現在，居然像個機關槍似的「噠噠噠……噠噠噠」，不斷在郝寶貝的耳邊掃射，讓她連插個嘴的空檔都沒有。

「喂！聽說過中國四大美男子的下場沒？嘖嘖嘖……那要說多慘就有多慘。先別說北齊的那個戰神蘭陵王，什麼攻無不克、文武雙全，都是講好聽的，最後還不是給他那個皇帝老哥的一杯毒酒，給賜死了。」猛搖頭的趙明佳，說得頭頭是道。

「還有那個屈原的弟子宋玉，什麼道德高尚、文采風流，即使命活得長了點，但剋妻又剋子，搞得後半輩子孤家寡人的，有什麼屁用？」

「這隻臭明蝦，什麼時候變得這麼博學又多才了，連屈原的弟子他都認識？」在心裡暗忖的郝寶貝懶得回他，免得他越說越起勁。

不過，剛修的中國文學史上剛好有宋玉的名字，可見，這個宋玉應該也是歷史上鼎鼎有名的大人物。本來聽得很不耐煩的郝寶貝，頓時也對這四大美男子的下場起了好奇心，於是就耐住性子，繼續聽趙明佳臭屁下去。

「再說說另外那兩個，潘安年輕的時候不受朝廷重用，一氣之下跑去跟叛亂分子搞政治內鬥，最後落了個滅三族的淒慘下場。」

潘安這個人郝寶貝聽過，也是帥哥一個，沒想到這麼想不開。

「而衛玠不但自己體弱多病，還剋死了老婆，才二十七歲就英年早逝。妳說說看，這人長得帥就容易招老天忌恨，妳要是真嫁給這種人，一不小心就可能守寡了，倒不如，找個長相老實一點的好。」

「長相老實的就命長？」狐疑的郝寶貝瞄了眼身邊的趙明佳，原來，他這麼不厭其煩，苦口婆心的再三勸諫，為的就是他自己？

「都說紅顏薄命，至少沒聽過老實會薄命的。」趙明佳回得理所當然。

「切！就算我要找個外表老實的，也不會是你這隻臭明蝦。」在心裡暗罵的郝寶貝，忍不住對他翻了個白眼。

「那照你這麼說，長相老實的男人又有什麼優點呢？」沒好氣的郝寶貝，轉頭向趙明佳問道。

聽郝寶貝這麼一問，好像早就準備好說辭似的趙明佳，立刻就來了興致，在心裡暗爽的他抬起下巴，一副對自己長相頗引以為傲的樣子，卻又表現的不疾不徐。

「這第一，老實的男人不容易被異性分心。妳瞧瞧那個路西法，身邊圍的全都是花枝招展的女生，像妳這種要身材沒身材、要臉蛋沒臉蛋、要腦袋又沒腦袋的醜小鴨，要讓閱盡天下美女的他看上妳一眼，簡直比登天還難。」

「死明蝦！原來我在他的眼中，是這麼一無是處的。」咬牙的郝寶貝忍住揮拳揍人的衝動，等著他繼續說下去。

「第二嘛，長相老實的男人通常都有點自卑，所以，會花很多心思想辦法充實自己的內涵，而有內涵的男人是不會花心的，只要遇上自己喜歡的女人，感情就會變得非常專一，妳們女生要的，不就是這種安全感嗎？」

看著身邊的趙明佳，含情脈脈的對她投以熠熠生光的眼神，郝寶貝還以為是自己眼花看錯了。

「難道，他現在是……是在對我告白嗎？」感到一陣莫名的郝寶貝，嚇到吃手手。

「第三，長相老實的人，不需要花太多錢經營自己的外表，所以，他會把賺來的錢都存起來，然後交給他的女人保管。這對女生來講，無疑是一種最大的保障，妳說是不是？」

「你的錢就是我的錢，我的錢還是我的錢。」瞬時，郝寶貝又心花開了。

所有女人都希望嫁給一個不花心，而且對自己忠心不二的男人，同時，最好還能掌控整個家裡的經濟大權，當個悠閒又輕鬆的櫻櫻美代子。沒想到，趙明佳平時看起來吊兒郎當，卻這麼瞭解女人的心思。

可就在郝寶貝想稱讚趙明佳，是個現代版的新好男人時……

「啊——是路西法！」一陣陣刺耳的尖叫聲，把郝寶貝的視線從趙明佳的身上，給拉到了前方。

只見餐廳門口黑壓壓的，被一群女同學擠得水洩不通，而此時的路西法卻像個神光，如王者一般優雅如斯的走進那道，彷彿被摩西劈成兩半的人牆裡。

驚喜萬分的郝寶貝，丟下還一臉陶醉在幸福中的趙明佳，拔腿狂奔。

「喂！寶貝，我……我還沒說完耶。」狀況外的趙明佳，還以為郝寶貝發現了什麼，也跟著跑了過去。

一口氣跑到餐廳的郝寶貝還喘得說不上話，可是，路西法已經端坐在落地窗邊的椅子上了。

秋天的太陽，暖暖的晒在路西法那雪白如玉的臉龐，映出宛如金黃色的誘人霞光，紅潤又迷人。他英挺的鼻梁在自然的光影下，顯得更為立體，一頭爽朗的淡褐色頭髮，隨意的散落在寬廣的額頭上，感覺更加性感、迷人。

的確，路西法就像希臘神話裡，宙斯跟人類美女戀愛的結晶，是人卻又更接近神。難怪亞歷山大的媽，會到處說她的兒子是神種，原來，這就是高標於人類的超優秀品種啊！

只要這種人一出現，他周邊那群永遠揮之不散的俊男美女，就會瞬間黯淡無光，變成一隻隻貪戀花蜜的醜陋蒼蠅。

正當郝寶貝沉醉在路西法架構的那幅神話世界裡，不可自拔時，身後突然傳來驚天動地的咳嗽聲，把餐廳裡所有人的目光，都給聚集了過來。

「嗯，咳！咳咳咳……」

「你……你幹嘛？沒事咳什麼咳？不知道的，還以為你得了傳染病。」郝寶貝用手肘朝趙明佳撞了下，示意他就算長得沒人家帥，也要保持點風度。

「我是真咳。妳不知道，我昨天剛得了流感，還發燒哩！咳……咳咳咳！」

然而趙明佳的這些話，卻惹來所有人的瞪視，好像郝寶貝和他都是病毒傳播者一樣，令人厭惡。

「那你還來餐廳幹什麼？趕快回家休息去。」郝寶貝推著他，就怕趙明佳把病毒傳給路西法。

「可是，我還沒吃飯。」趙明佳說得一臉委屈。

「瞧瞧那副可憐樣，怎麼跟剛才說自己是老實人的意氣風發，完全兩個樣？」搞不清趙明佳是真病還是假病的郝寶貝，開始懷疑這小子有鬼。

但那些正在用餐的同學，陸陸續續向他們投以怨毒的眼神，那目光像一枝枝的箭，越來越犀利，郝寶貝被看得有些腿腳發軟，更加緊的趕著趙明佳，「去小七隨便買個便當不就好了。」

「小七都是微波食品，一點都不健康，病人要吃新鮮的東西，有營養身體才會好得快，妳說……咳咳咳，是不是？」

「好好好，那我買便當給你吃，總行了吧！肯定有魚、有肉又有菜，你趕快走，快走。」心急如焚的郝寶貝伸手推著趙明佳，就怕他這個瘟神繼續散播病毒。

「還要有水果，妳知道我最喜歡吃葡萄，記得要先剝好。對了，不要讓我等太久，不然我……我會再回來找妳，咳咳咳！」

「馬上，馬上還不行嗎？」氣急敗壞的郝寶貝，顧不得形象的大吼。

誰知，原本看著外面的路西法一個回眸，那燦若明星的眼神，立刻充滿了質疑和鄙視，瞬時讓郝寶貝整個人大崩潰。

「噢，不，路西法，別那樣看著我，我是……我是因為那隻臭明蝦才這麼吼的，這不是真正的我啊！」崩潰哭喊的郝寶貝雙手抓頭。

沒想到，好不容易在路西法面前經營的形象，居然因為趙明佳而變得蕩然無存，郝寶貝咒罵道：「死明蝦，臭明蝦，待會兒回去肯定把你大卸八塊，讓你求生不能，求死不得。」

第二章　路西法是鴨

告別了苦逼又枯燥的高中三年，郝寶貝一心嚮往的大學新生活，就在不斷忙碌的跑班、作報告，和日益精進的跟蹤行程裡結束。只是，已經升上大四的路西法，需要修的課越來越少，可偏偏郝寶貝卻被大二的課程塞得滿滿的，這讓她不禁要深深的感嘆起，與路西法相見恨晚的無奈。

正所謂：「近水樓臺先得月。」就算郝寶貝花再多的時間跟蹤路西法，都遠不如和他一起上、下課的那些學姐們。

每當她費盡氣力衝到路西法的身邊時，總有一群打扮時尚、妖豔的學姐環繞在他左右，讓路西法根本無暇注意到郝寶貝這位小學妹。也因此，有關路西法的許多流言蜚語，開始在校園裡傳開。

「喂！聽說沒？蔻馳學姐到處宣傳，上星期她和路西法去淡水看夕照，兩人還一起共進了浪漫的獨光晚餐。」羅思思這個標準的八卦電臺，一大早就開始對郝寶貝放送。

「哪一個蔻馳學姐？」眨了眨眼的郝寶貝，一臉莫名。

「唉！就是經常拿著 COACH 包包，炫耀她老爸很有錢的那個。」羅思思伸手撥了撥她那頭染成栗子色的捲髮，極度不屑的說道。

「哦！」說到炫耀老爸有錢，羅思思自己還不是其中的一員，不置可否的郝寶貝翻了翻白眼。

「結果，那個總戴著LV項鍊的學姐也說，昨天下課，路西法還親密的與她共撐一把雨傘。笑死人，就下了點淋都淋不溼的雨，撐什麼傘哪？」

高聲宣揚的羅思思終於引起郝寶貝的斜視，原來，這大小姐一大早跑來和她話家常，是在嫉妒啊！

當然，和郝寶貝同為大二的羅思思，對路西法這樣的男神自然也是崇拜有加的，只是大四的那些學姐不退，她們這些二年級學妹就只有遠觀路西法，乾瞪眼的份了。

「還有那個住在臺北高級別墅區的學姐更誇張，說她和路西法的關係，已經到了不言而喻的程度。」一臉激憤的羅思思，還因此掐住了郝寶貝的手臂。

「哈哈……妳別激動啊！這種話她們又不是第一次講，可是路西法都沒承認。」趕緊收回被掐紅的手，郝寶貝認真的替路西法反駁。

「我就是氣不過，她們自己不要臉，還牽拖我的路西法下水。」羅思思指著遠去的那幾個學姐背影，還是忍不住罵道。

雖然，郝寶貝不認為路西法會是個朝三暮四的渣男，那些學姐肯定是用了什麼手段，才讓路西法因為不忍心拒絕而落入她們設下的圈套。

可沒想到不到幾天，就傳出學姐們為了證明自己是路西法的真愛，而不惜撕破臉，甚至大打出手的事情。這樣的事情越演越烈，以至於，每天都有不同的千金大小姐，頂著鼻青臉腫的樣子來上學。偏偏這些事件的源頭路西法，仍是一派悠然的在校園裡走動，彷彿完全沒有被這些爭風吃醋的事情影響到心情。

就算愛美之心人皆有之，但同時和多位異性單獨吃飯、出遊，看在任何人的眼裡，幾乎與交往沒什麼區別。所以很多男同學，開始對路西法這種與劈腿無異的行為議論紛紛。

但相較於對路西法有私心的郝寶貝，就不覺得有什麼不對。畢竟男未婚、女未嫁，同學間相約吃飯、看電影、出去玩都是平常，只要彼此能接受，又有什麼不可以？

可惜，沒談過戀愛的郝寶貝，還是把這些事情看得太單純、太天真了。

愛情是自私、是占有，如果有人願意和他人共享愛情，那就不叫愛情了。況且，通常名人劈腿這種花邊新聞一鬧開，就會越傳越多、越傳越廣、越傳越離譜，以至於什麼八卦通通都跑了出來。

郝寶貝就是在不經意的當下，瞄到八卦社即將出版的聳動標題後，給嚇得當場失聲尖叫——

『風雲人物路西法，疑似被包養！』

「天啊！這是什麼晴天霹靂的消息？」不可思議，瞪大眼睛的郝寶貝，差點沒把期刊貼到自己的臉上。

「嗚……他怎麼可能被包養？」

「哪個女人有天大的膽子，敢殘害這個全校公認的花美男？」

郝寶貝搗著想要破口罵出的髒話繼續往下看，誰知道越看腦袋越發熱，直像有人拿了把火在耳邊燒。

「不行不行，路西法是大家的，絕不能被某人占為己有，這件事我一定要去查清楚，查清楚。」

拿著期刊急匆匆的跑進社團辦公室，郝寶貝要揪出寫文章的記者問個明白，可剛好社長趙明師和記者學姐都在接電話，根本沒人理她。

郝寶貝記得所有記者的照片，都必須經過社長逐一審查才能刊登，所以他手上一定有證據。二話不說的郝寶貝直接衝到趙明師旁邊，打開他的抽屜，翻箱倒櫃的找照片。

原本還在開心聊天的趙明師，一見郝寶貝在翻他的抽屜，就急喊，「不行！」

「我要！」氣急敗壞的郝寶貝沒空理會趙明師，她直接揮開社長的手，可沒想到看似文質彬彬的趙明師，居然四肢並用的橫在她面前，抵死不從。

「不行，我還沒有準備好啦！」抽屜裡都是八卦社正在調查中的機密，自然不能隨便讓人看到，他按住郝寶貝伸來的手，急得滿臉通紅。

「給我，快一點。」

郝寶貝和趙明師兩人誰也不讓誰，正卡在辦公桌前爭得你死我活時，手機裡突然傳出一聲大叫：「趙明師，你……你在幹什麼？」

趙明師被手機裡的人吼得瞬時一愣，才想起他還在對話中，慌得連忙從椅子上跳起來解釋，「我……我，我什麼都沒幹啊！」

「那你，你什麼東西還沒有準備好？那個女的在跟你要什麼？」手機裡的質問聲持續加大，連原本在一旁聯絡出版事宜的記者學姐，都忍不住放下電話，把餘光投向臉紅氣粗的他們兩個人。

郝寶貝見苗頭不對，趁著趙明師苦口婆心向手機裡的人解釋之際，輕輕的把抽屜打開，果然看到了——「那一張證據」。

天哪！她的心要碎了，路西法怎麼能做這種事？

憤恨不已的郝寶貝拿起那張照片，和書桌上的剪刀，正打算毀屍滅跡……

「不可以。」趙明師見狀，直接向她衝了過來。

沒想到被吼到一臉心虛的趙明師，居然還能分心注意到郝寶貝的舉動，東西搶到手的她當然要趕緊翹頭，於是，郝寶貝頭也不回的提腳就跑。

「郝寶貝，妳不要走。」趙明師邊喊邊伸長手，卻沒抓住人。

「誰理你啊！」邊跑邊回頭的郝寶貝，臨走還不忘朝趙明師扮了個鬼臉。

就在趙明師氣得要罵人的時候，手機裡突然傳來一陣殺人似的尖吼聲：「趙明師，你叫誰寶貝？給我去死——」

在把八卦社搞得一陣兵荒馬亂後，郝寶貝終於還是得逞了，可看著手上的照片，她卻沒由來的一陣心傷。

相片裡，一輛名牌轎車停在五星級飯店前，車子旁邊站著一男一女，男的正低下頭親吻女的臉頰，而女的則嬌羞的用手掩住欲笑的脣意，神情超級曖昧……

原來，打從上個月開始就有線人密報，說路西法頻頻出現在臺北的某五星級飯店，進出也都有高級轎車接送，不僅如此，還和一個女人過從甚密。

集鮮肉外表與聰明腦袋於一身的路西法，即使風靡全校，但身邊從來都沒有一個固定的女朋友。

偶爾能和他搭上邊的幾個學姐，雖然高調宣布和路西法的情人關係，甚至繪聲繪影的說：路西法對她們如何的溫柔體貼，如何的情深密意，但事實上，路西法可能只跟她們吃過一頓飯，或散過一次步而已。

令大家奇怪的是，路西法從不承認也不否認學姐們的「戀愛宣言」，彷彿傳言中的男主角都不是他一樣。但這種極度不穩定的愛情關係同時也宣布，就算沒人有把握能跟路西法撐多久，但人人都有希望承蒙榮寵。

所以，無論路西法「疑似」和誰在交往，那些覬覦他的女同學們，依然前仆後繼的爭相邀寵。只是，這張照片上的女人既不是學生，年紀似乎也比路西法大上好幾歲，穿著打扮更像是上流社會的名媛千金，卻能跟路西法有著別人從未有過的親密。

當然，這對排隊等著受路西法青睞的郝寶貝，絕對是件極為嚴重的打擊。

本以為在學姐們輪完後，至少，會有機會輪到郝寶貝她這個新生，可是這女的和路西法的關係，似乎不像之前謠傳的那種玩票性質，更像是——準戀人關係？這樣一來，人人有機會成為路西法女友的定律便會被打破，而郝寶貝，就極有可能成為最沒有希望的候補人選。

「這女的到底有什麼通天的本事，能讓路西法拋棄本性，為了她浪子回頭？這件事情絕對不單純，我一定要好好的查，澈底的查。」瞪著手上那張無限惹人嫌的合照，咬牙切齒的郝寶貝恨不得將路西法身邊的那個她，剪個粉碎。

於是，要如何「捉姦」的這件事，郝寶貝第一時間，就把腦筋動到那隻愛攪和的臭明蝦身上。

誰叫郝寶貝天生是個路痴，在前幾次跟蹤路西法時，她都因為搞不清楚方向而走丟，最後還窩在不知名的巷子裡，直到打電話向趙明佳求救後才得以脫困。

「蛤！路西法有情婦？」得知消息的趙明佳眼睛瞪得超大，一臉不可置信。

「啪！」誰知郝寶貝一掌，就用力的朝趙明佳頭殼巴下去，「情你個大頭婦，他又還沒有結婚，哪來的情婦？是疑似『交往』，『交往』，懂嗎？」

雖然郝寶貝的心裡很不是滋味，可還是受不了，有人在背後公然的說路西法壞話。

「說得也是，搞不好他是被包養的小狼狗，嘻嘻！」搗著嘴的趙明佳，興災樂禍的嘲諷。

「狼你個大頭鬼。就你這種長相，想被包養都沒資格，哼！」郝寶貝瞧了眼趙明佳那張快發霉的臉，還真不是普通的大眾長相。

「喂！我這長相怎麼了？礙著妳了嗎？」自認長得也不差的趙明佳，很不服氣。

「是礙著我了。可憐我這全宇宙最青春貌美、超級霹靂無敵的如花美少女，整天被你死纏著不放，不知道的還以為我瞎了狗眼看上你。」在心裡暗罵他好幾年的郝寶貝，一口氣形容得毫不跳針。

「哈！妳看得上我，我還看不上妳咧！有沒有搞錯？我們兩個走在一起，不知道的還以為妳是我的小阿姨。哈——哈——哈！」兩手插腰的趙明佳，誇張的大笑。

「是啊！乖小蝦，還不趕快叫人？」不是說「吃虧就是占便宜」，有現成的小輩還不趕緊收下？郝寶貝暗笑。

「汪汪！」沒想到，趙明佳居然就學起狗叫。

死明蝦狗吠狗吠，仍是嘻皮笑臉的痞子樣，郝寶貝死瞪著他，巴不得一口朝他咬下去。

「話說妳也真可憐，長這麼大居然連個男朋友都沒交過，嘖嘖嘖……」要虧大家一起來，趙明佳沒在怕的。

「有什麼辦法，我高中讀的是女校，沒機會交男朋友是很正常的事啊！」看著明蝦猛搖頭，郝寶貝有點心虛的帶過。

「說得也是。就妳這副德性，讀女校才不會傷害別人的視力。」

「呿！總比你讀的那所爛學校好。」其實趙明佳念的高中很好，但郝寶貝就是嫉妒。

「我讀的學校哪裡爛了，只是校規嚴了點，不過正妹超多，不無小補啦！」趙明佳得意的大笑。

「補什麼？補哪裡？」郝寶貝斜眼瞄了眼他全身上下。

「呃……那個，當然是補眼睛啊！」被看得一臉不自然的趙明佳，故意撇過頭。

「切！這傢伙，居然臉紅了？」在心裡暗笑的郝寶貝得意了。

「看來不只有我可憐，那些上了大學還『守身如玉』的處男也好不到哪裡去，標準的沒人愛啊！」好不容易可以虧到趙明佳，郝寶貝報復的快感，瞬時提升了不少。

「處男怎麼了？人家是保留最後的貞操，以表示對愛情和婚姻的忠誠，這妳都不懂？哪像那個路西法，老的、小的全吃，葷素不忌。」

「喂！好好的，別又說人家壞話啊！」

「我哪裡說他壞話了？擺明了就是事實，妳不願意承認而已。」

「你……總之，人家有本事。哪像你，送人都不要。」

「妳怎麼知道我沒人要，是我不要人家而已。」

「那你說說，誰要你了。」

「就那個小學三年級同班的阿美啊！她說除了我，誰都不嫁。」

「呿！八百年前的事情，也好意思拿出來講。」

「還有國中的阿花，也是非我不嫁的……」

兩個人又開始一路鬥嘴，反正郝寶貝和趙明佳在一起，不是虧路西法，就是互虧對方，其實誰也沒占到誰的便宜。

都說狗嘴吐不出象牙，本來郝寶貝已經不想和趙明佳討論路西法的事，可他還是像個嘮叨的老太婆，整天在郝寶貝的耳邊喋喋不休，搞得她精神都快要分裂。

「這男人帶女人去性交易叫龜公、車伕、皮條客，不過依我看，路西法被那個女人帶去做鴨的機率比較高。」

死明蝦的嘴巴越來越臭，在郝寶貝這個十九歲的純情女孩子面前，居然也開始口無遮攔的說起十八禁內容。該死的是，就算嗜美色如命的郝寶貝，再怎麼努力看遍所有的耽美和言情小說，但那些情節畢竟都是虛構的，比不上真實版的香豔刺激啊！

所以，在道德與慾望的掙扎下，她開始很認真的聽起趙明佳的分析。

「為什麼呢？以路西法那種風流成性的性格，絕不可能只為一個女人服務的。」

「你放屁！路西法才不會去做那種齷齪事。」難得爆粗口的郝寶貝，急忙替路西法反駁。

「不會才怪。遊戲裡的路西法就是個頂級魔王，他身邊最多的就是美女，而且身材、樣貌都一流。」在餐廳裡講得頭頭是道的趙明佳，還煞有其事的指著對面正在吃飯的一群學姐，「就算在我們學校，拜倒在他牛仔褲下的女生也有一拖拉庫，他每天跟這個吃飯，跟那個逛街，不就是最好的證明？」

「我說不可能就是不可能，路西法絕不可能是鴨，他絕不可以做鴨——」打翻醋桶的郝寶貝，再也忍不住拍桌，抓狂大喊。

可原來一片喧譁嘻嚷的學生餐廳，因為她的這聲尖叫而突然變得安靜。那一雙雙帶著驚恐，甚至是難以置信的眼睛，不由自主的掃向郝寶貝，這時的她才驚覺，情緒失控的代價居然會如此慘烈。

「路西法是鴨？」

「路西法居然是鴨耶。」

「原來路西法真的是鴨啊！」

瞬時，路西法是鴨的這句話，在學生餐廳裡炸開了鍋。

好吧！這下子郝寶貝，死——定——了。

隔天，當整晚被鴨子追殺，連覺都沒辦法睡好的郝寶貝，頂著一對熊貓眼走進教室時，那些經常散落在走廊四處，三五成群的女同學，竟都同時圍在羅思思的身邊，討論著同一個話題——路西法是鴨！

不會吧！雖然八卦，但郝寶貝當時講的絕對不是肯定句，可是，為什麼傳到最後會變成這樣？

「天哪！再這麼繼續下去就要死人了，路西法如果知道是我散播這種不實謠言，一定會拿刀子殺了我。」

驚慌失措的郝寶貝，得趁這件事還沒有傳進路西法的耳朵時，趕緊向大家澄清，「呃……那個，羅思思，其實這件事是誤傳，路西法不是……」

「妳也聽說了，對吧！路西法居然是鴨，虧我還把他當偶像一樣崇拜，他怎麼可以做出那種傷風敗俗的事？」撩起一頭捲髮的羅思思眼角泛光，就差點兒沒掉下傷心的眼淚。

「對啊！缺錢就說嘛，如果他願意，我還可以按次給錢。」那頭上梳了個包的妹子，伸出她的纖纖玉手，抹抹那快流下來的口水，一副欲求不滿的樣子。

噁，什麼跟什麼？

「討厭！那我不是要跟老頭子要更多零用錢才夠用？」

另一個裙子短到不能再短的恐龍妹，在郝寶貝身後冒出這一句，她一回頭看到那張腫得像麵龜的臉，差點沒吐出來。

真是世風日下，沒想到現在的女生道德淪喪這麼嚴重，再也聽不下去的郝寶貝轉而離開，就希望謠言止於智者。但是……

「妳聽說了嗎？根據八卦社查出的事實，路西法居然在做鴨，原來他外表清高的樣子都是裝出來的，骨子裡實則壞透了。」

「不是的，同學，八卦社那是亂說的，根本沒有那回事。」郝寶貝趕緊上前消滅謠言。

「我就說，他每天打扮得光鮮亮麗那麼迷人，卻又不讓我們這些女生接近是為什麼呢？原來，那些有錢的貴婦才是他的目標。」

「那個……同學，請聽我解釋。」雖然，郝寶貝很想介入同學們的話題，可是根本沒人肯理她。

「這個世界就是這樣啦！笑貧不笑娼，男人長得帥有個屁用？還不是得上山下海。」不曉得從哪裡蹦出來的趙明佳，突然在人群裡爆出這句話，讓忙著解釋的郝寶貝頓時傻眼。

「喂！別再火上澆油了，會死人的。」嗚……郝寶貝都快哭了。

「罪魁禍首可是妳，我不過是順水推舟而已。」幸災樂禍的趙明佳兩手一攤，一副事不關己的樣子。

「朋友不是要兩肋插刀嗎？可你這根本就是在背後捅我一刀。」別人落井下石也就算了，難道連他這個唯一的好朋友，也要看著郝寶貝因為愧疚而死嗎？

淚眼汪汪的郝寶貝，帶著懇求的眼神看著趙明佳，可能她難得放低身段的態度起了作用，嘆了口氣的趙明佳拍拍她的肩膀，安慰她說：「『清者已濁，濁者還是濁。』時間會證明一切，妳就不要再替那隻鴨操這個心了。」

難得趙明佳會撂成語，可是，這句話郝寶貝怎麼聽都覺得不對？

不過話說回來，雖然鴨子事件是因郝寶貝而起，但再解釋下去只會越描越黑。乾脆趁沒幾個人發現是她闖的禍之前，趕緊閉嘴，反正八卦新聞就像葡式蛋塔，熱潮一退很快就散了。

郝寶貝邊走回教室邊安慰自己，然而，事實並不如她想像的那麼簡單。三天後，路西法是鴨的傳聞，居然連學校都認真起來，校長甚至把路西法叫去當面質問。

郝寶貝沒想到謠言不但沒有散去，而且越傳越離譜，看來她不但會死得很慘，還會被路西法砍得屍骨無存。

☆　☆　☆　☆　☆

以前恨不得時時在路西法面前露臉的郝寶貝，現在卻得提心吊膽的躲著他，為了早日平息這場莫須有的鴨子風波，郝寶貝只好來找社長趙明師求救。

「怎麼辦？這下子弄假成真了。」欲哭無淚的郝寶貝，懷著一顆忐忑不安的心，來向趙明師懺悔。

「那妳應該想辦法證明他的清白，而不是跑到我這裡來哭。」一臉漠然的趙明師，頭也不抬的看著螢幕，揮動十指劈哩啪啦的敲著鍵盤，對郝寶貝的眼淚攻勢無動於衷。

誰叫她莫名其妙的跑來搶照片，還讓趙明師交往了十年的女朋友李曉詩，誤會他和郝寶貝有一腿而吵著鬧分手。

雖然，趙明師解釋再解釋，說郝寶貝是因為姓郝名字叫寶貝，絕對不是她認為的「好寶貝」，奈何氣頭上的李曉詩根本聽不進去。

問題是，這麼多年的感情了，到底還有什麼好鬧的？難以理解女生心理的趙明師，怎麼都想不懂，導致他現在的心情糟到想揍人。

「可是我現在根本不敢靠近他，路西法如果知道是我們謠傳他做鴨，一定會把我們亂刀砍死。」郝寶貝見趙明師對她的眼淚無動於衷，只好繼續苦苦哀求。

「更正：是『妳』散播的謠言，不是『我們』。」趙明師推了推鼻梁上的無框眼鏡，義正詞嚴的糾正。

「嗚嗚……社長，我還不想沒談過戀愛就橫死街頭，你一定要救救我啊！」走頭無路的郝寶貝只好跪求趙明師，伸手抱住他的大腿。

「喂！妳……妳別這樣，要是讓其他社員看見，我跳黃河都洗不清了。」慌亂站起的趙明師，想把她一腳踢開。

但現在的郝寶貝，僅剩他這根稻草可以救命，絕對不能輕易放掉，所以，只能跟趙明師耍狠了，「相片是你拍的，證據也是你提供的，我要是脫不了身，也要拉一個來墊背，大不了魚死網破，大家一起玩完。」

「喂！相片明明是妳自己硬要搶走的，現在居然怪到我頭上？」一臉無辜的趙明師嘆氣，搖搖頭說道：「好啦好啦！為救妳一命，本人在下我，只好捨命為社員。」

見趙明師願意幫忙，剛才還一副想要同歸於盡的郝寶貝，立刻就變了張極盡諂媚的臉，「怎麼做社長儘管吩咐，無論上刀山還是下油鍋，只要社長一句話，小女子我一定赴湯蹈火，再所不辭。」

一看到郝寶貝那個狗腿樣，本就避之唯恐不及的趙明師隨即打了個寒顫，把她遠遠的推離自己三步之外，「我們的人已經調查出，照片中的女人經常出入W飯店，而妳的工作就是守在飯店門口，一旦發現路西法和那個女的一起出現時，立刻跟緊她，並且馬上call我。」

「這……這是要，跟蹤路西法嗎？」有些心驚驚的郝寶貝，咬著手指問。

雖然，她在學校也經常扮演跟蹤狂的角色，但校園裡跟在路西法身後流口水的人多不勝數，郝寶貝這種耍花痴的行為只能說是入境隨俗。但是，如果在校外也這麼做，萬一讓路西法或別人給發現，豈不是很容易讓人誤以為是犯罪行為？

趙明師見郝寶貝眼睛瞪得老大，又一副猶豫不決的樣子，跟剛才說願意上刀山、下油鍋的奮戰精神完全兩個樣。

不禁搖頭的趙明師，安慰似的拍拍郝寶貝的肩膀說：「『不入鴨穴，焉得鴨子。』妳，就勇敢的去吧！」

第三章　英雄救美

為了查明路西法是不是鴨，咳咳咳……應該說，他到底有沒有從事傷風敗俗的校外行為，郝寶貝還把存了很多年的零用錢全都拿出來，買了隻有導航、有地圖，以及相機功能防手震，重點是──「解析度超高」的全新智慧型手機。

誰叫她這個二次元腐女，只會在虛擬世界裡幻想著美好，卻對現實社會完全沒有半點應變能力。

時間正好是晚上的七點半，已經在飯店站了一個多小時的郝寶貝，不但腰酸腿麻，就連肚子都餓得咕嚕作響。

「到底是誰說路西法在這個時間點會來的？這訊息誤差未免大得離譜，下次見到社長肯定要和他好好抱怨一下，我的大好青春可不是用來這樣浪費的。」不斷嘀咕的郝寶貝揉揉扁掉的肚子，可也不敢擅自離開，免得和前來的路西法錯過。

話說回來，眼前的這棟五星級飯店果然名不虛傳，打從郝寶貝六點來到這裡後，那些打扮時尚、穿著時髦的紅男綠女，就不斷穿梭在那掛滿豪華水晶吊燈的大廳裡。有的濃妝豔抹，有的珠圍翠繞，手上、腳上的各種名牌，都快把她這個路人給閃瞎了。

面對這樣的繁榮又奢華的場景，鬼才相信臺灣的經濟不景氣。

但最讓郝寶貝感到痛苦的莫過於，飯店門口不時飄出誘人的食物香味，讓飢腸轆轆的她只能猛吞口水來解饞。不過，可能是郝寶貝飢渴的表情太明顯，惹得站在飯店門口的年輕帥哥，不時向她投以警戒的眼神。

「我說歐巴，雖然我很哈小鮮肉，不過現在除了路西法，我眼裡再容不下任何男人了，你可以不用那麼緊張啦！」自嘲的郝寶貝笑到無力。

時間一分一秒的龜速爬過，就在她餓到手腳無力、頭昏眼花，快撐不下去的時候，突然一陣歡樂的笑聲，把郝寶貝呆滯的眼神，又重新拉回到了飯店門口。

但見眼前的神光一閃，終於，路西法出——現——了。

都說：「天生麗質難自棄，回眸一笑百媚生。」白居易之所以寫下傳頌千年的佳句，也要發生實際的事實去啟發他的靈感不是？所以，偉大的不是才華橫溢的詩人白居易，也不是顛倒眾生的楊貴妃，而是生出這種頂極妖魅的女人她媽。

沒錯！世上的女人百百種，無論是高矮胖瘦，大餅臉、小眼睛、短鼻子，大多都是樣貌普通到讓人過目就忘。可是偏偏有一種女人，就算你把她的五官，四肢全都拆開來看，還是令人賞心悅目到心裡泛甜。

那是一種無法形容的想像美，就像動漫裡的俊男靚女，雖然看起來一點兒都不真實，卻美得令人嫉妒、令人憤恨、令人咬牙切齒。更糟糕的，是讓人無時無刻不在夢裡嚮往著他的凝視、他的撫觸，和他的甜言蜜語。

所以，眼前的這個女人——就是挽著男神路西法的臂彎、款款走進飯店大廳的那個女人，不僅有副媲美動漫女主角的臉孔，就連身材都窈窕得令人目瞪口呆。

郝寶貝原以為，這輩子能遇見一個中英混血的路西法，就已經夠讓她驚豔了，沒想到，連路西法身邊的女人也是妖孽。難道，帥哥、美女也會物以類聚？

郝寶貝想到自己也曾集無限寵愛於一身，從小她就是人人稱羨的大眼美女，路過的爺爺、奶奶、叔叔、阿姨，誰不是一見到她，就忍不住伸手捏把臉、掐個腿的，有的長輩還要郝寶貝以後做他們家的孫媳婦。

可是，因為這些讚美而得意多年的郝寶貝，真和眼前的這兩個人比起來，簡直是糞土比鮮花。

更過分的是，那女的不僅一路上都挽著路西法的手，還一臉魅笑盈盈的對著路西法，不知道在說些什麼。只見路西法用一種郝寶貝從來都沒有見過的深邃雙眸，含情脈脈的凝視著身邊的美女，直到進入大廳都沒有移開。

此時的郝寶貝，已經被眼前的這一幕，震懾到完全無法動彈。原本抱著懷疑心態來飯店查證的她，就是希望能因此還路西法一個清白，結果，居然印證了八卦社刊中的猜測。

如果說路西法跟這個女人之間，沒有任何曖昧情事，鬼才相信！

但此時雙拳緊握、雙目赤紅又怒瞪前方的郝寶貝，腦筋也開始變得一團混亂。

都說情人眼裡容不下一粒沙子，即使路西法身邊的那個女人美若天仙，但以她的年紀對路西法而言，根本就是在殘害國家幼苗。

一想到這裡，郝寶貝心裡的妒火就直往上冒，以至於忘了趙明師交代要隱密的跟蹤，甚至打電話通報他的事。腎上腺素激發的她，使出跑百米的速度衝進飯店大廳，當著那個女人面前，伸手攔住了路西法。

「你不能跟她進去。」雖然郝寶貝的個子不高，但氣勢還是有的，經她這麼一喊，路西法和那個女人驟然停下了腳步。

只見那個女人不明所以的看了看郝寶貝，又與身邊的路西法對視了一眼，愣了一會兒才問道：「這位……你認識？」

比起那個女人的一臉驚訝，表情依然波瀾不興的路西法，整張臉顯得意外的平靜，他冷冷的看了郝寶貝一眼，隨即向旁邊的女人笑了笑，用一種港式國語的口音，簡潔且有力的回答：「不認識。」

「我……我是你同校的學妹，我們……我們在學校見過好幾次面的。」為了避免看到那個女人眼中，流露出不齒和鄙視，郝寶貝不顧顏面的反駁了路西法的說辭，「我們還一起在餐廳吃過飯。」

「在學校餐廳一起吃飯的有上百個人，那也算嗎？況且，見過面並不代表就認識。」

以前的郝寶貝，一直都是在遠處默默的關注著路西法，頂多就是看到他俊美的側臉和優雅的背影，所以，總認為他是個親切、迷人，性格又和善的男神。可現在，當她真正的面對面與路西法交談時，才發現，他的表情是可以隨著談話對象而秒速變化的。

就像現在，他說的一字一句都冷得有如南極吹出來的凜冽寒風，一陣陣颳在郝寶貝赤紅的臉上，火辣辣的疼。

「那個……至少，我認識你。」反正不管路西法承不承認，郝寶貝這張臉皮今天就不要了，所以在路西法說出更殘忍的話之前，她衝口而出：「你的事已經鬧到連學校都知道了，還敢來？」

但在聽到郝寶貝的話後，原本冷著一張臉的路西法，突然勾起性感的脣角，低下頭對著她詭譎一笑，「這，不都是拜妳所賜嗎？」

原來，他都知道了！

瞬間，一股熱血直湧上腦門，郝寶貝覺得，自己都快窒息了。

「我……我那是……」

「不管事情的真相如何，只會一味的製造謠言，創造話題，甚至不考慮當事者的心情和死活，這不就是你們八卦社的專長嗎？」路西法明明在對著郝寶貝笑，可那笑卻像把利刃，狠狠的插進她的心臟裡，挖了又挖。

「想當正義魔人，就先練好自己的修養和品德，臺灣人可不都像妳這麼丟人的。」

☆　☆　☆　☆　☆

今晚的夜色超級美，連光害嚴重的臺北市中心，也能看到一閃一閃眨著小眼睛努力賣萌的星星。

因為路西法的臭罵而失了魂的郝寶貝，獨自走向窄小街道的一隅，沒有了燈紅酒綠的喧囂，少了車水馬龍的繁華，這裡，彷彿成了寂靜時空中的另一個臺北。

不知道是怎麼走到這裡的，剛才路西法的一席話，狠狠的打醒了郝寶貝。

什麼傷風敗俗，什麼笑貧不笑娼，不都是八卦社炒出來的話題嗎？

她以為學人家做什麼神探，就可以證明路西法的清白，結果呢？

他的清白，就是毀在郝寶貝這張口無遮攔的賤嘴上。

她有什麼資格去阻攔路西法？有什麼資格教訓他？甚至說要證明他的清白？

就算路西法和一個年長的女人出入飯店；就算他們親密搞曖昧；就算他們蓋棉被純聊天，那又關別人什麼事？

在這個處處講求民主、自由，樣樣都注重個人隱私的年代，郝寶貝居然還像個扒糞的狗仔，到處揭人瘡疤。其實最無恥下流的人，是她才對！

羞愧到無地自容的郝寶貝，覺得她整個人生都潰敗了，只能抱著雙膝呆坐在暗巷裡，不知所以。直過了許久，一句莫名的喊叫聲，才把她從虛空的亂想中，拉回到了現實。

「$$#@@**&^%$$##」

是一串陌生男人的聲音。

「呃……這個人在講什麼鬼，我怎麼一句都聽不懂？」巷子裡的燈光太暗，有些失神的郝寶貝伸手揉了揉眼睛，再次放亮她美麗的雙眸，這才發現，問話的是兩個外國人。

「那個……不好意思！你們能講中文嗎？」在腦筋一片空白後，郝寶貝面對這兩個問話的外國人，居然連一句英文都聽不懂，虧她還是個大學生，真是丟臉到連撞死的心都有了。

「＄＄＃＠＠＊＊＆＾％＄＄＃＃」

可惜，那兩個外國人還是繼續雞同鴨講。

郝寶貝猜想對方應該也不會中文，因為個子高的鬍鬚男，重覆的說了次他剛剛講的話，但他的語調，卻不是郝寶貝習慣聽的那種電腦語音。瞬時一種雲裡霧裡的陌生感，讓郝寶貝不知所措。

無心再管他人閒事的郝寶貝揮揮十指，向外國人表示她聽不懂，便想藉機開溜。誰知，另一個長相粗獷，戴著頂鴨舌帽的壯男，一伸手就把嬌小的她拉住，嘴裡還不斷的嘀咕起更多字彙不明的英文。

在這種夜黑風高的晚上，四下無人的寂靜暗巷裡，一個弱不禁風的青春少女被兩個精壯的外國男人給困住，不但可能劫財，還有可能劫色。

一想到社會新聞版面，那些掩面哭泣的可憐女主，孤身一人的郝寶貝嚇極了。

「不會吧！我守身如玉十九年，可不能白白給這兩個陌生男人給糟蹋了。」驚嚇指數爆錶的她瞬間就急了，連忙甩開被壯男拉住的那隻手，誰知，一旁的鬍鬚男見郝寶貝極力反抗，也跟著一起加入陣容。

只見那個鬍鬚男大步朝郝寶貝走了過來，不但拉住她的另一隻手，還用一對有色眼睛不斷對她上下掃瞄，意圖對郝寶貝不軌。

「不行，我郝寶貝的青春肉體只能給我愛的人，你們這些色狼、色豬都滾開……」

天哪！為什麼在受到路西法那麼嚴重的言語刺激後，郝寶貝還要遭到如此慘絕人寰的對待。難道，她真的做錯了嗎？還是，不甘心受辱的路西法向上帝打小報告，讓上帝派惡魔假扮成人類來懲罰她？

當然，路西法是上帝的創世天使，是上帝的愛將，就連路西法領著天使軍叛變，上帝也只是把他趕到地獄冥府去當個山大王，並沒有嚴加懲罰。而郝寶貝只是個微不足道的小小人類，居然敢對路西法這樣的地獄魔王頤指氣使。

「路西法，是我錯了，我不該跟蹤你，不該揭露你的隱私，更不該勸你懸崖勒馬，以後你想做什麼就做什麼，我絕不會干涉你分毫，求你，求求你讓上帝放過我吧！」急得眼淚都飆出來的郝寶貝，一面使出吃奶的力氣奮力抵抗，一面扯開喉嚨打算大聲呼救，就希望上帝看在她是無心犯錯的分上，能放了她一馬。

可就在她以為叫破喉嚨都不會有人來救的時候，一道神光，乍然的出現在那兩個色狼和郝寶貝的面前。

那絕對是她這輩子見過，最璀璨、最耀眼的光芒，而位於那道光的後面，大樓絢爛的五彩霓虹，成了那個人最美麗的裝飾。

在這道光芒的正中央，有個穿著黑色長披風、腳踏萬丈光芒，媲美電影裡英雄救美的黑色人影，正朝著郝寶貝信步走來。

雖然看不清黑影的長相，但從他英姿颯爽的走路方式就可斷言，這肯定是上帝聽到郝寶貝的祈禱聲後，派下來救她的天使啊！

「噢！上帝，我的主，只要您幫我逃過這一劫，以後我絕對會為您忠誠的服侍在路西法左右，上天入地，甚至兩肋插刀在所不惜。」郝寶貝暗自祈禱。

「Let go of that girl.」那團黑影，對著郝寶貝身邊的兩個渣男喊道。

哇！多麼威武的一句話，那氣勢，聽得郝寶貝全身酥軟，小心肝兒噗噗直跳啊！

「Sorry, we just want to ask her where Taipei 101 is.」外國男回道。

「咦？奇怪，這幾個字我好像有點耳熟。」冷靜下來的郝寶貝，乍然聽出點端倪。

「Oh, that building is right in front.」黑影繼續回道。

可奇怪的是，這個人說話的音調，郝寶貝更熟悉。

「OK! Thank you.」

雖然，郝寶貝還在為兩邊和善的對話感到一臉莫名，但那兩個外國人已經放開她的手，並低頭向她賠不是後，甩起背包走人了。

這讓郝寶貝感到驚奇，究竟是何方神聖，竟然三言兩語，就把意圖對她不軌的兩個渣男，都給嚇跑了？

「不是叫妳要打電話給我老哥，妳怎麼連手機都不接，還跑到這種暗巷子裡來，搞什麼啊？」

上帝消失了，天使背後的光芒也不見了，徒剩下現實世界裡，一隻讓郝寶貝見了就想吐的臭明蝦。

什麼叫「從天堂掉入地獄」？應該就是郝寶貝此刻的心情。

「為什麼不說話？嚇傻啦？」趙明佳見郝寶貝人還有點兒呆滯，急得伸手拍拍她的臉，「喂！不要緊吧！妳應該沒有被……」

「沒有被怎樣？」郝寶貝一抬頭，就對著趙明佳怒瞪了一眼，隨即又悲哀的低下頭來，「嗚……什麼上帝、什麼天使，根本都是個屁，如果我真的發生了什麼事，能依靠的，還不是你這隻甩都甩不掉的臭明蝦。」

沒來由的一股心酸突然湧上心頭，郝寶貝在心底暗自哭泣。

誰知，平常只會裝痞樣的趙明佳，見郝寶貝陰鬱的一張臉不回答，便降低了音調。他輕輕拍了拍郝寶貝的肩膀，安撫著：「喂，妳……妳怎麼了？不說話的樣子有點嚇人耶！」

「你幹嘛沒事跑來瞎湊和？就讓那兩個人把我痛揍一頓好了，反正我沒有資格當臺灣人，還不如去當條狗，嗚……」莫名委屈的郝寶貝像個孩子似的，握起拳頭就直接捶向面前的趙明佳，把他當出氣筒，原本強逼在眼眶裡打轉的眼淚再也止不住，滴滴答答的猛往下掉。

打從國中就沒見過郝寶貝哭的趙明佳，有些嚇到，一時間也不知道怎麼安慰她，只好一邊拍著她的肩膀，一邊掏手帕幫郝寶貝擦眼淚。

「人做得好好的，幹嘛咒自己當條狗，還得每天搖著尾巴，賣萌、裝可愛的討主人歡心。」

「可就算我賣萌裝可愛，也沒有人喜歡我。」吸了吸鼻腔的郝寶貝淚眼婆娑，感覺既委屈又活該，「路西法說我製造謠言，甚至不考慮他的心情和死活，但是鴨子那件事我真的不是故意的，我更不知道要怎麼幫他澄清那個謠言。」

「等等……路西法說妳製造謠言，那他怎麼不想想，這謠言是從哪裡來的？」拿著手帕，等郝寶貝擤掉一臉鼻涕後，趙明佳又義正辭嚴的接著說：「正所謂『無風不起浪，空穴不來風』，路西法如果行得正，坐得直，又哪會有什麼謠言呢？」

「嗯，說得也是哦。」郝寶貝的鼻子通了後，腦袋好像也變清醒了。

「鴨子事件不就是因為他和那個女人，頻繁出入飯店才引起的嗎？」提高警備的趙明佳左右張望了下，雖然那兩個外國人走遠了，但並不表示這裡夠安全。

「如果他規規矩矩的上課、回家，又怎麼會惹出這麼大的一場風波？」趙明佳牽起郝寶貝的手，快步的離開這條暗巷。

「可……可是，話畢竟是從我嘴巴裡講出來的，我也得承擔一點責任。」說到底，郝寶貝還是心虛。

「所以，妳的責任就是查清楚路西法身邊那個女人的來歷，還有，他們到飯店究竟在做什麼？」兩人走到明亮處，趙明佳才放開郝寶貝的手。

在聽到趙明佳這麼解釋後，若有所悟的郝寶貝深吸了口氣，心情瞬間和緩許多。只是，一想到她剛才沒頭沒腦曝露自己的行蹤，還把社長精心布的局都給打亂了，該怎麼收拾？

「那個……我一不小心，讓路西法發現我跟蹤他了，該怎麼辦？」

「老哥早就料到妳會衝動行事，所以才叫我來支援妳。只是，我不是已經在妳的手機裝好導航了嗎？為什麼妳還會迷路？」

「呃……我也不知道為什麼會走到這裡來。」郝寶貝這才突然想到新手機不在手上，她趕緊摸摸褲子口袋，幸好還在。

「那你是怎麼找到我的？」躲在那麼偏僻的巷子都能發現，趙明佳也太神了。

嘆了口氣的趙明佳拿起手機，對著郝寶貝說：「我是用網路上的定位功能找到妳的，幸好我來得及時，否則，妳就要和那兩個外國人鬧出國際大笑話了。」

想到不慌不亂的趙明佳，用一口流利的英文和他們對話，自詡英文成績一級棒的郝寶貝，不禁感到一陣臉熱。原來，外語的考試成績和生活應用完全是兩回事，她這個只會讀抄寫的三腳貓英文，實在丟臉。

「都怪他們的音調太特殊了啦！如果他們再多說幾次，我肯定就能聽懂了。」拉不下臉的郝寶貝抬頭，硬是不肯認輸。

「好好好，下次都留給妳說。」早知如此的趙明佳收起手機，順便要把剛才用過的手帕，收進口袋裡。

「喂，那個……那個髒了，不要了。」一想到自己剛剛擤了滿臉的鼻涕，實在噁心，郝寶貝不好意思讓他收進口袋裡。

「洗洗就好啦！東西髒了就丟掉，多浪費。」不以為意的趙明佳，還是把手帕收了起來。

瞬間，一種嫌惡又感激的矛盾心理，在郝寶貝的心底反覆衝擊。都說勤儉是美德，可手帕是要用來擦嘴巴的耶，就算洗過，還是會有鼻涕那種髒髒的陰影在吧！

「咦！你的鞋子髒了。」才剛走到光亮處，郝寶貝就提醒趙明佳。

「哦！剛找妳找得太急，一沒注意就踩進爛泥巴裡了。」

郝寶貝打開背包，打算找個面紙給趙明佳擦鞋，可沒想到，他居然從口袋裡把剛才那條給她擦鼻涕的手帕，再次拿出來翻了個面，抬起腳，迅速的把鞋子上那坨爛泥給擦乾淨。

頓時，郝寶貝有種反胃、作嘔的衝動。

「呵！你那條手帕的功能，還真多啊！」十指交握，咬牙切齒的郝寶貝一字一字的吐了出來。

「對啊！賺錢不容易，要物盡其用，才不會浪費。」雖然家教很好賺，但為了留更多時間陪郝寶貝，趙明佳寧願省著點花錢。

擦完鞋的趙明佳身體才剛站直，郝寶貝馬上就一拳，朝他那張最引以為傲的臉揮了過去，「竟然拿擦鞋的臭抹布來給本小姐擦臉，我看你是不想活了。」

「喂！說好不可以打臉的。而且，這條抹布我洗過了……」飽受一記粉拳的趙明佳大喊，拔腿就跑。

「洗過了也還是抹布。臭明蝦，你死定了。站住，別跑！」

接下來的幾天，郝寶貝一直想著路西法指責她的那一番話，雖然猶如當頭棒喝，但趙明佳講的也不無道理。是路西法違規帶女人上飯店在先，她只不過是出於好心，為了證明路西法的清白才去跟蹤他。凡事總有個前因後果，路西法不能仗著自己長得帥，就倒因為果。

一想到這裡，郝寶貝原本委靡的一顆心，果然又重新振作了起來。

「根據可靠消息，路西法這次的約會地點，改到陽明山上的一間溫泉飯店。」手機傳來社長趙明師的訊息，讓郝寶貝一臉興奮。

她趕緊上網查了下，這間飯店不僅地處陽明山的最佳景觀位置，還有號稱泡了會讓肌膚生光的美人湯享用。可是，當郝寶貝掃到飯店的住宿費用時，眼珠子差點兒掉下來。

天哪！瞧瞧這五位數的鉅額消費，怎麼可能是一個大四學生花得起的？

「太惡劣了，那個女人不但用美色勾引路西法，還用物欲汙染他純淨的心靈，這絕對不是我郝寶貝能容忍的事，我一定要拯救路西法於水火才行。」暗自握拳的郝寶貝咬牙。

有了上次擋人的失敗經驗，郝寶貝這次做足萬全準備。她不但在手機上設好緊急通話鍵，一有狀況，就能馬上和趙明師通上電話，並且再三叮囑自己一定要沉住氣，絕對不要像個白痴，被人當笑話看。

背上背包的郝寶貝搭上公車，一路來到指定的飯店前。

雖然這間飯店看起來氣勢恢弘、美景如畫，夜晚的燈光如夢似幻，更加引人迷亂。可是，為了幫助路西法早日脫離那個女人的掌控，郝寶貝只能堅定自己的意志，蹲坐在飯店門口外的一角，緊盯著過往的每一個行人，等待路西法的到來。

都說美麗寶島臺灣四季如春，但即使是會晒掉人一層皮的秋老虎，過了太陽西下時分，依舊吹起會讓人抖落一身雞皮疙瘩的涼風。

原以為準備充足的郝寶貝，唯獨忽略了平地與山上的溫度變化，那一陣強過一陣的山風，像是衝著她來似的，吹得已經頻頻發抖的郝寶貝哈啾連連。但如今時間已是迫在眉睫，如果她怕冷離開，因此錯過了路西法，那豈不是得不償失？

為了她和路西法的將來，郝寶貝只好拉攏衣領，搓搓漸漸發涼的手臂，繼續蹲點作戰。

在今天之前，郝寶貝一直都以為，陽明山是最合適戀人夜遊的地方。

她大一那年，就聽過幾個學姐，嬌羞的說著在陽明山上，和另一個人一起眺望遠處的大臺北盆地時，訴說著對彼此的愛意，而獻上初吻的浪漫故事。所以，陽明山對郝寶貝而言，就是戀人們勇敢互相告白的最佳約會地點。

可惜，現在和路西法來這裡的人不是她，而是另一個女人。

青春年少的郝寶貝，打從認識「愛情」這兩個字開始，就期待邱比特能把那支愛神的箭早日射向她。即便不得已高中讀了女校，但在上了大學後，郝寶貝也一直努力找尋能帶給她愛的另一半。沒想到尋尋覓覓，好不容易才喜歡上的男生，居然是一個迷倒眾生，又不安於室的路西法。

唉……都說電視劇裡虐人的愛情是編出來的，可是她現實人生的第一次戀愛，怎麼也這麼曲折呢？

但就在郝寶貝沉浸於一片莫名的哀聲嘆氣中時，飯店門口突然傳來陣陣女生的驚呼聲。好奇的她抬頭一看，才發現，原來是輛紅色的頂級跑車，正開進飯店的停車場裡。

看來臺灣有錢的人還真是不少，隨便一輛千萬超跑也能開到這裡來招搖，上陽明山的這條路是塞車出了名的，時速瞬間爆衝百公里的超跑，開在這種路上簡直是糟蹋。再說了，那車子不過是個消耗品，就算放著不用，風吹日晒久了一樣會有破舊報廢的一天。

所以，再拉風、再酷炫的車子對郝寶貝而言，都不如趙明佳那條擤鼻涕的手帕來得實用。

但一想到，趙明佳拿條擦過髒鞋的臭抹布來給她擤鼻涕，郝寶貝就不自主的感到一陣噁心。

不過，看著眼前那幾個濃妝豔抹的正妹，還沒等車子停好，就迫不及待的拿起手機一陣猛拍，還真不是普通的虛榮啊！

想也知道，若不是哪個富二代載妹來放閃，就是禿頭老闆帶小祕來喝茶，但不管是哪一種，身為八卦記者的郝寶貝，還是會想一窺究竟來滿足自己的好奇心。

隨著人潮推進，紅色超跑已經在飯店人員的引導下停好了車，而當駕駛座的門一開，那一身帥到爆表、帥到掉渣、帥到令人神魂顛倒的身形，立刻就閃瞎了郝寶貝的眼睛。

天哪！原來是路西法。

但見他俊挺的上身，穿著一件猶如雲朵摘下來織成的襯衫，軟軟的貼著他的好身材，還不時隨著他移動的腳步，泛著淡淡的銀光。而那件黑色中帶有銀色條紋的長褲，則將他比例完美的身段，修飾得更加迷人。

飯店的燈光從上而下，打在那光潔又白皙的臉龐，襯得他精緻的五官更為立體，也讓那微微敞開的胸口，顯得更加性感。

那些看見路西法下車的女生們，沒有一個不像郝寶貝一樣，如同見到天神般的發出聲聲驚呼，甚至前推後擠的想靠到他身邊。但見路西法不疾不徐的優雅轉身，並瞇起深邃的雙眼朝那些花痴邪魅一笑，立刻就暈死了一堆人。

此時的郝寶貝心想：「如果能讓路西法正眼瞧上我一面，就算要我馬上死去也願意啊！」可現在的她，卻像是根被釘住的柱子一樣，動彈不得。

因為，路西法身邊還帶著另一個人，而那個女人，就是郝寶貝在五星級飯店見過的女妖精。

原本圍在跑車旁的那些女生，一看到那個妖精，就好像得了胸悶氣短的貴妃病，各個哀聲嘆氣，長噓短嘆，不然就是羞愧的掩面逃走。

唯有郝寶貝在心裡不斷對自己說：「妳一定要沉住氣，放鬆，呼吸，忘掉他的臉，想想這次來的目的，不達使命誓不回啊！」

腿動不了，她就用手掐自己的大腿，在一陣差點痛得叫出慘叫聲後，郝寶貝趕緊躲在散亂的人潮後面，跟著路西法進入大廳。

跟蹤行程遠比她想像中順利，可能因為今天是假日，大廳裡擠滿了等著用餐和住宿的遊客，服務人員也沒空搭理她這個衣著普通到不行的大學生。所以，趁著兵荒馬亂之際，郝寶貝一路尾隨著路西法，來到飯店的二樓餐廳。

本以為，孤男寡女的他們會直接到樓上開房間，沒想到卻是來吃飯。

雖然在此之前，郝寶貝就已經見識過五星級飯店的奢華，但一進到這裡，還是不免被眼前瑰麗貴氣的裝潢給吸引。

放眼望去整個二樓都是包廂，走道的牆上掛滿許多不知名的畫作，橫的、直的，還有圓圈圈的，真看不出畫的是什麼鬼東西。

收回撩亂的目光，為了不跟丟人，郝寶貝只好拿出暗藏的粉筆，在燙金的門框上沿途作下記號。

「這樣，就算要跑也不會迷路啦！」頗為得意的郝寶貝揚揚眉，根本不管飯店人員看到後會作何感想，甚至忘了前幾次的教訓，開始覺得跟蹤路西法沒有想像中的困難。
暗自在心裡嘿笑兩聲的郝寶貝，等路西法和那個女的進到包廂，且服務人員都離開後，就把耳朵貼在走道的牆壁上，等著偷聽他們的對話。
「今天要談的事情都準備好了嗎？待會兒來的可是個領導，你得要小心應答。」
為了方便服務人員進出，包廂的門並沒有關起來，空蕩蕩的房間讓說話的回音放大了聲響，也讓躲在門外的郝寶貝，聽得分外清楚。
那個妖精對路西法說話的態度，怎麼像長官在下命令一樣？
哼！別以為自己多長個幾歲，就把路西法當小孩了，他在學校的功課可是數一數二的。
「嗯，資料都存在手機裡，只要條件談妥，隨時都可以傳給他們。」路西法回道。
資料？
條件？
這對話還真是有點古怪，一點兒也不像是情侶間的甜言蜜語。
「如果能做成這筆交易，你以後就不用和那些公主病的女學生交際應酬了，過一陣子我回香港，就讓你進集團裡工作。雖然那些領導都不好搞，但我相信，以你的能力，應付他們絕對綽綽有餘。」
什麼！那個女妖精還要把路西法帶去香港和領導們搞？
嚇一大跳的郝寶貝就不懂了，路西法一個男大學生，能和領導們搞什麼？
瞬間，她腦袋裡爆出某花女神，到香港賣淫的社會新聞。

這個丟臉丟到國外的大事件，不但在各大校園裡轟動一時，甚至淪為許多同學茶餘飯後的恥笑對象，身為男神的路西法，怎麼可以去做這麼卑鄙、下流又無恥的事？

「不！我要去阻止他，哪怕和那個女人幹上一架，也一定要把路西法救出火坑。」打定主意的郝寶貝咬緊牙根，捲起袖子，正要衝進包廂裡時，剛好一個飯店服務生領著一群西裝筆挺的男人，朝著包廂走過來。

就算郝寶貝沒怎麼見過世面，但什麼環肥燕瘦、鮪魚肚、啤酒肚的男人也看多了，可就沒見過這麼一大群穿戴整齊，就連走路步調都能一致的男人。

他們清一色都穿著白襯衫，黑色西裝，還打著亮紅色的領帶，身形雖然不太相同，但體格看起來都不錯。像郝寶貝這種沒出過社會的單純女學生，一時間，還真想像不出他們是做什麼行業的。

朝著郝寶貝迎面而來的服務生，似乎對她的出現有了疑心，感覺苗頭不對的郝寶貝，嚇得趕緊把頭一低，裝作路人甲和他們擦身而過。

這群男人進到包廂後，那個女人就開始和每個人打起招呼，音調熱情且熟稔，彷彿和這些男人混得很熟。

怕被趕出去的郝寶貝，為了避開那個服務生的視線，只好站在遠處觀察，隨後又進來幾個服務生替大家倒完茶水後，才關起房門一起離開。

趁著四下無人，郝寶貝趕緊跑到包廂外繼續監聽，就怕遺漏了什麼重要的訊息。

「條件就和電話裡講的一樣，外表、氣質、內涵一樣都不能少，這些客人可都是很挑剔的，要是他們有什麼不滿意，那以後我們的生意可就很難再談下去了。」
說這些話的是個男人，語調平平，咬字卻極為清楚，還帶著濃濃的廣東口音。
他說，要的對象不僅要外表好，還要有氣質又有內涵，這些條件路西法都有，難道，那女的真要路西法去幹那種事？
「沒問題！您要的這些條件我這邊都吻合，等吃完飯後，我就帶各位到樓上的會議室，讓各位看個清楚。」
不會吧！待會兒吃完飯就要上樓驗身，這會不會太快了點？
「陸先生年紀輕，幹這個行業也不過才一年多時間，他若是有什麼不懂、做不好的地方，還請各位前輩多調教調教。」
死妖精、臭妖精，既然知道路西法年紀輕還這樣糟蹋他，剛進去的那一群人，全都是男的啊！難道，要路西法一個人和這麼多男的……他怎麼應付得來？
「哈哈哈，陸先生青年才俊，長得又好看，以後在咱們這個行業裡，絕對是前途無量啊！來，咱們為陸先生乾一杯，祝這筆交易順利成功。」
嗚……郝寶貝快崩潰了，光是聽到這些對話就要爆炸的她，恨不得立刻衝進去，把裡面那些衣冠禽獸、豬狗不如的傢伙全部都斃掉。就算以她一個弱女子的力量，沒辦法把路西法救出來，大不了陪他一起下海，畢竟郝寶貝是個女的，總比路西法吸引那些臭男人吧！
可才在心裡打定主意的郝寶貝低下頭，就看見自己那一身，普通到不能再普通的學生裝扮。
包廂裡的人剛剛還說，要集外表、氣質與內涵的他們才看得上，自戀有餘的郝寶貝認為，她除了比不上路西法的驚為天人，但也不比其他的女孩子差。只是「佛要金裝，人要衣裝」，再美的臉蛋若沒有好好打扮，也很難顯現出她的與眾不同啊！

沒錯！為了吸引住那些男人的眼光，不讓他們對路西法下手，郝寶貝一定要把自己的外在美，澈底的顯露出來，而且衣服、化妝，一樣都不能少。

打開手機，如果按照他們的說法，那些男人要等吃完飯了才會上樓，那她至少還有一個小時的時間可以作準備。

靈機一動的郝寶貝馬上衝下樓問櫃檯，飯店裡果然有美容、美髮，還包括租宴會裝的服務。只是才瞄了眼價錢，郝寶貝就差點昏死過去，那費用可是她好幾個月的零用錢啊！

但是，如果不付，那路西法就……

一想到自己心目中的完美男神，即將被那群禽獸壓在床上，遭受不人道的荼毒，緊閉雙眼的郝寶貝不禁用力甩甩頭。

憤憤的她一咬牙，拿出郝爸爸幫她辦了很久，卻從來沒用過的副卡，狠心的給它刷下去，然後，神情緊繃的跟著一臉笑容的服務人員，進到一間充滿香氣的房間。

服務人員見郝寶貝十指都快絞在一起的緊張樣，就猜到她沒有化妝的經驗，所以，很體貼的向她介紹即將進行的動作。可是，滿腦子都在想要如何替路西法引開那些飢渴男人的郝寶貝，根本沒有時間聽她們囉唆。

幸好，機伶的美髮師看出她趕時間，趕緊再找來兩個服務人員，七手八腳的開始在郝寶貝的臉上、身上做功夫。

在郝寶貝的不斷催促下，抱持著顧客至上的服務人員，終於在有限的時間內，將她這個本就不平凡的美少女，變成一個迷倒眾生的性感女神。

本以為，她這輩子要等到結婚的那天，才有機會化妝、穿禮服，沒想到因為路西法，郝寶貝這隻醜小鴨，竟提早體驗了當公主的心情。

看著鏡子裡的自己，郝寶貝原本清湯掛麵的直髮，被燙成微捲的大波浪，臉上也在化妝師的巧手下，畫了更顯立體的淡妝。因為臉型較為圓潤，化妝師還特別用眼線和假睫毛，強調她那一對黑白分明的大眼睛。

不僅如此，唇彩也是時下韓國最流行的時尚唇色，郝寶貝看著那淡雅的唇色，讓她原來就嘟嘟翹起的雙唇，更為性感、動人。

另有一個漂亮的造型師，推薦一襲削肩及膝的小洋裝給郝寶貝，淡雅的鵝黃色襯得她的膚色更加白皙，還有收腰的設計和微膨的蕾絲下襬，也讓她肉肉的腰身和雙腿更為纖細修長。

原本，只剩下自信可以自欺欺人的郝寶貝，在活了十九年後才發現，她也可以這麼美、這麼迷人。

飯店的化妝師和造型師，看著攬鏡自照的郝寶貝一臉沉醉，不由得輕輕的笑了出來，搞得她臉上一陣發熱，亂不好意思的。

這時候的郝寶貝，才想起還在二樓的路西法，應該已經快吃飽了，她得趕在他們上樓之前攔住人才行。

「小姐，等一下。」妝化了，美服也穿了，正要拔腿奔上二樓的郝寶貝，卻被身後的造型師一把捉住。

「錢……錢我已經付了，剛刷過卡。」死了，老爸該不會銀行戶頭裡沒錢吧！

「我知道，但請等一下。」造型師凝著一張臉，非常嚴肅的轉身走了出去，還留下兩個服務人員，巴巴的盯著郝寶貝看。

「怎麼辦？如果把老爸的卡刷爆了，我回去肯定會被打死。」讓郝寶貝更擔心的是，她老爸的戶頭要是真沒有錢，那她這一身的行頭，就算在飯店洗上三天三夜的碗，也還不完啊！都說：「錢不是萬能，但沒有錢卻是萬萬不能。」現在，郝寶貝才了解身無分文，又要打腫臉充胖子的悲哀，嗚……

就在她心裡不斷盤算著，要怎麼解釋戶頭裡錢不夠的事時，造型師已經拎著一雙香檳色的鞋子，笑瞇瞇的朝郝寶貝走了過來。

「考量到小姐可能沒有穿過太高的鞋子，我特別去找了這雙只有兩吋的高跟鞋，而且，顏色和妳的洋裝也很搭，快來試試。」

造型師把還在發愣的郝寶貝，拉到沙發上坐下，並仔細的將她的腳，套進那雙看起來很高級的鞋子裡。瞬時，那雙原本只會穿布鞋的腳，就像灰姑娘套上玻璃鞋似的，閃閃發光。

「太好了，妳的皮膚細又白，腳板厚度又適中，果然很適合穿高跟鞋。」抬起頭的造型師，對著郝寶貝笑逐顏開，彷彿穿上美鞋的人，是她自己一樣。

「可……可是，我實在沒有多餘的錢，再租這雙鞋了。」雖然鞋子很美，穿上鞋的腳也很美，但郝寶貝真的不能再拿老爸的賣命錢，來亂花了。

「沒關係！這雙鞋就當是飯店暫時借給妳穿的，記得要還回來哦！」造型師親切笑道。

「真……真的嗎？」但是受寵若驚的郝寶貝，還是一臉的質疑。就算很多外國人都稱讚臺灣超有人情味，但鬼島就是鬼島，要鬼島居民相信這島上沒有鬼，實在很難。

「我們的營業時間到晚上十一點，只要您在十一點前還回來，都不用算錢。」造型師轉頭看了下時間，語氣肯定。

嗚……這是好人有好報的因果嗎？還是上帝又出現了，因為郝寶貝現在要拯救的，正是他的愛徒路西法？

不管是哪一種，郝寶貝都沒有時間再讓情感這麼繼續氾濫下去了，這時候的路西法應該吃完飯了，她得趕在他們上樓前攔住那些人。

「謝謝妳！放心，妳們對我這麼好，我一定會把鞋子拿回來還的。」感動的郝寶貝差點掉下眼淚，還對著她們深深一鞠躬。

然而，就在講完這句話沒多久的郝寶貝一抬腳離開，馬上就恨死了這雙中看不中用的鞋子。

到底是哪個白痴發明高跟鞋，這種為了取悅男人，卻只會折磨女人雙腳的破東西？明明穿在腳上就這麼賞心悅目，但為什麼不管她再怎麼小心翼翼的走，都一定會拐到腳？

在心裡暗罵無數次的郝寶貝，就從飯店大廳那一票看似驚豔，又像是驚嚇的人群當中，手腳並用，一拐一拐的「攀爬」上二樓。可即使那兩隻腳都已經不聽使喚，但她還是得努力保持妖嬌的姿態，好把原本覬覦路西法的那群男人給誘拐過來。

好不容易，費了九牛二虎之力的郝寶貝深吸口氣，在她做上記號的包廂門口站定。

明知道接下來要做的事，勢必會影響她以後的一生，極可能因此而遭到父母誤解、同學唾罵、社會遺棄，甚至從此沒有人敢娶她。可是為了路西法，郝寶貝還是毅然決然的舉起手，敲下了門。

「叩叩叩！」

「請進。」

房裡傳來那個女妖精的聲音。

鼓起勇氣的郝寶貝輕輕打開門，將上半身靠在門邊，用力搧了搧那濃密又捲翹的假睫毛，並勉強牽起嘴角的肌肉，想像自己就是古代的青樓女子，對著恩客巧笑倩兮的樣子。

當然，就算要勾引男人也不能做得太賤，該有的尊嚴還是要有的。

可迎面而來的，不是郝寶貝以為的飢渴目光，而是一陣陣混雜著不同香煙，和酒精的濃烈氣味。包廂裡的男人各個喝得酒酣耳熱，聊得熱火朝天，以至於根本沒人注意到她。

「喂！你們……你們這些臭男人的眼睛是糊到蛤仔肉了嗎？本小姐我犧牲色相來勾引你們，你們居然敢無視於我？」氣得幾乎要破人大罵的郝寶貝，在心裡恨道。

「還是，這些男人根本只好男色？」世界潮流在改變，難道男人的性向也跟著改了？

都說生物的本能就是異性相吸，就算這些噁心的男人只好男色，郝寶貝也要讓他們從此喜歡上女人。

可說得容易，做起來不簡單，面對一群眼裡只有酒跟肉的男人，郝寶貝要怎麼樣才能讓他們注意到她？

攪盡腦汁的郝寶貝，腦袋裡突然出現各種女特務的電影，想想那些攻於心計的女人，都是怎麼誘惑男人的。除了武打，女特務最重要的就是要性感，性感才能把男人迷得團團轉。

於是，踩著高跟鞋的郝寶貝將身體微側，抬起下巴挺起胸膛，並將左手插在腰上，右手則拉起一撮捲髮半遮著臉，嬌滴滴的問道：「請問各位客倌，有需要客房服務嗎？」

這一句又尖又細的假音，讓郝寶貝自己都起了一身的雞皮疙瘩，可是……

「記得有次去K房唱歌，結果大哥酒喝到一半，突然接到嫂子的電話，『唰』的一下臉全白了，趕緊跑到外廳去接電話，就是怕回去又被嫂子修理啊！哈哈哈……」

沒人理她？

「咳咳！請問，需要客房服務嗎？」繼續裝優雅的郝寶貝，只好加大音量。

「說啥呢？那不叫怕，是叫尊重，我……我最最最尊重的，就是老婆了。懂不懂啊你，臭小子。」

「哇哈哈……」

以前都以為只有女人在一起七嘴八舌才叫吵，沒想到，一群男人在一起聊八卦——更吵。

完全被無視的郝寶貝幾乎快氣炸了，枉費她花了那麼多錢，打扮得如此妖豔，居然連一個欣賞的人都沒有，這些人真真叫做有眼無珠，有眼無珠啊！

「是可忍，孰不可忍。」一個女人最不能容忍的，就是男人的無視，甚至，還是一堆男人的無視。

也因此，來這間飯店的最主要目的，又被憤怒中的郝寶貝給拋到九霄雲外去了。暴跳如雷的她，對著眼前的這一桌男人大聲吼道：「都問了，需不需要客房服務，你們都聾了嗎？」

「……」

「……」

「……」

「呼呼呼！」瞬間的安靜，讓郝寶貝的急促呼吸變得特別明顯。

只見有人酒喝到一半的，因為來不及吞下而從嘴角流下來。

還有剛剛笑得最大聲的那個，像歪了下巴一樣，合不起來。

更有拿隻雞爪子在啃的那個，雞爪居然給插到鼻孔裡去了。

啊哈哈哈！雖然看到這樣的場景真得很好笑，可是……現在的郝寶貝卻完全笑不出來。

「小姐，妳是不是走錯包廂了？」首先開口的，依然是主導這整個事件的女妖精，可怒氣被炸掉一半的郝寶貝，突然連膨風的勇氣也沒了，一整個心虛起來。

「那個……我，我是……」要死了，剛的一鼓作氣全都炸光了，現在的郝寶貝就像個俗辣，對剛說的那種話羞愧得轉身想逃。

「她肯定是走錯包廂了，我帶她去找服務員。」一面無表情的路西法起身。

那是郝寶貝再熟悉不過的聲音，可也是此時的她，最不想聽到的聲音。

「我沒有走錯，我來就是要問你們，需不需要……」可話都沒來得及說完的郝寶貝，就被快步走來的路西法用力一拉，給帶到包廂外。

打從一進到這間包廂開始，郝寶貝就刻意忽略掉那個最醒目的人——路西法。

因為，她不想在路西法迷人的眼睛裡，看到那種鄙夷，甚至是不齒的眼神，也不想讓路西法覺得，郝寶貝是那種為了愛慕虛榮，可以捨棄尊嚴，忍受踐踏去賺皮肉錢的女孩子。

雖然，路西法自己就是這種人。

可穿著美麗蓬蓬裙，腳踩痛死人的高跟鞋的郝寶貝，卻被不管不顧又毫無憐憫之心的路西法，給一路拉到了牆角。

心虛又惱怒的郝寶貝，終於受不了路西法這種粗魯的舉動，情急的她大喊：「你……你幹嘛？」

路西法抓得很用力，郝寶貝奮力的甩了兩次手才把他甩開。看著自己手腕上紅紅的一圈，原本還氣急敗壞的郝寶貝，一想到這裡是路西法接觸過的地方，心頭就不禁一陣小鹿似的亂撞了起來。

這是，路西法和她的第一次親密接觸啊！

郝寶貝本以為，她這輩子都只能在遠處仰望背影的神，居然拉著她的手走了這麼遠、這麼久。而那隻手像是有著難以言喻的魔力般，那樣溫暖、那樣溫柔，只是郝寶貝這個白痴、笨蛋，竟然把那隻天使之手給甩開了！

「天哪！路西法，我錯了，請你再牽一次我的手，讓我再多感受一下你這個男神熱情的溫度，拜託！」郝寶貝在心底哭喊。

就在她用盡諂媚的嘴臉，正打算回眸對著路西法一笑時，只見表情冷得像塊冰的他，已經

「啪！」的一聲，霸氣的用他的兩隻手臂，把郝寶貝困在牆角裡。

「妳，到底想幹什麼？」被搞得幾乎要發火的路西法問道。

路西法低沉又性感的嗓音，從郝寶貝的左耳，一路環繞到右耳，再從右耳穿過她的大腦，到達聽覺中樞神經。然後，這些聽覺訊號再上傳到她大腦的顳葉部進行整理，終於，完美的傳遞了它的目的。

在這麼近的距離下，郝寶貝甚至可以感覺得到聲波的振動，像兩顆磁鐵一樣的來回碰撞。所以現在的她，耳朵裡滿滿都是路西法那迷死人的聲音，根本沒辦法同步用大腦去翻譯，他講的到底是什麼意思。

而且，路西法兩手這樣圈著郝寶貝的樣子，不就是動漫裡所謂的「壁咚」嗎？是真的嗎？

她，被路西法壁咚了！

「回答我！」一臉花痴樣的郝寶貝，惹得路西法低吼。

神遊到太虛幻境的郝寶貝，終於被這吼聲給拉回到了現實。

「我……那個……」低著頭的郝寶貝偷偷瞄了眼路西法，只見臉色微紅的他，也不知道是喝了酒的關係，還是正在生氣，讓郝寶貝猶豫著要不要坦認自己的想法。

「哪個？」一看到女生扭扭捏捏就覺得不耐煩的路西法，氣道。

「我想男生應該都是喜歡女生的，所以……」

「所以什麼？」

「所以，我想幫你引開幾個男人，讓你不用那麼辛苦。」

「妳引開他們要做什麼？」

「做……做那個女的要你做的事。」

「妳認為她要我做什麼？」

「不就……不就是……讓那群男人搞你嗎？」

「……」

始終低著頭的郝寶貝，明顯可以感覺得到，站在她面前的路西法呼吸在加重，加重，再加重。

「嗚……路西法，我知道你一定是有苦衷，才不得已下海做鴨，或者是有什麼把柄落在那個女妖精的手裡，所以不得不配合她的要求。但請相信我，我一定對你的事守口如瓶，絕對不會讓第三者知道的，我發誓！」努力證明自己不說假話的郝寶貝，舉起右手。

「我說，妳的腦袋除了做鴨這件事，還能不能裝點別的。」如果郝寶貝不是個女的，路西法還真想狠狠揍她幾拳。

「當然能。」沒想到回答迅速且確實的郝寶貝，仍不忘現在最重要的工作，就是要勾引那些男人，「你看，我打扮得這麼妖嬌，不就是為了幫你分散他們的注意力嗎？一旦他們看上了我，就不會再想找你這個男的了。」

郝寶貝本以為自己吐露真心，做出這麼偉大的犧牲，一定能讓路西法感動得痛哭流涕，甚至以身相許。可等了許久，他依舊是用種冷到讓人渾身打顫的眼神，直直的盯著她。

「如果你真的缺錢用，我可以把賺來的錢都給你。」莫名講出這句話的郝寶貝，在對路西法說完後，由衷的感到一陣心酸。

原來靠北社團裡的故事都是真的，那些忍辱負重，賺皮肉錢給男友花用，甚至供他們讀完書、念完博士就被甩了的豬頭女生，不是她們可悲、腦殘，而是，她們愛男友勝過於愛自己啊！而現在的她為了路西法，不就成了那些豬頭、腦殘女的其中一員了嗎？

被壁咚的心情很熱烈，但是等待的時間太漫長，當郝寶貝為自己可歌可泣的行為，不知道應該被讚許還是哀悼時，眼前路西法的呼吸卻明顯變得輕了。

不曉得還能再說些什麼的郝寶貝，再次鼓起勇氣，抬頭又偷瞄了路西法一眼。

他在笑，一直處於冰冷狀態的男神路西法，居然在笑？

「妳真的，願意把賺來的錢都給我？」路西法輕飄飄的語調像是在雲端一般，令人聽著都覺得幸福。

高過郝寶貝一個頭的路西法低下身，並將臉貼近她的額頭，也因為這樣的姿勢，路西法身上那股濃烈的酒氣，薰得郝寶貝一臉都是。她的心臟跳得用力跳得猛烈，雖然此刻的郝寶貝，更想看清楚路西法那張迷人又帥氣的臉。

「嗯。」毫不猶豫的郝寶貝點頭，而且不知道是興奮過了頭，還是被酒氣薰到微醉，她的臉……好燙。

「妳，願意替我去陪那些男人？」修長的手指捲起郝寶貝胸前的一撮頭髮，微傾著一張臉的路西法，性感度爆錶。

「嗯。」全身都快要著火的郝寶貝，用力點頭。

「妳，就那麼喜歡我嗎？」路西法再接近，高挺的鼻子幾乎都要親到郝寶貝的臉。

「嗯。」已經完全沉醉在這種曖昧又親密氛圍的郝寶貝，情不自禁的閉上眼睛，抬起頭。

「就算我討厭妳也沒關係？」可，路西法的語氣一轉。

「呃……」

「先利用妳，再甩掉妳，也可以？」勾起脣角的路西法一笑。

「不！」一直在心底否定的郝寶貝很想搖頭，可是，身體卻動彈不得。

「坦白講，我最不喜歡自以為聰明卻又沒腦袋的女生，尤其，是像妳這種。」直起身的路西法，又恢復了他一貫的冰冷。

她……自以為聰明，卻沒腦袋？

「所以，妳最好想清楚了，再決定打算怎麼做。」說完的路西法轉身。

瞬間，郝寶貝面前的濃烈酒氣消失了，情急的她大喊：「到底要怎麼做你才會喜歡我？就算現在討厭也沒關係，我還是可以想辦法讓你喜歡上我的，只要你說出口，我就一定做得到。」

只見路西法還是維持那一貫的優雅轉身，維持那依然迷得令人神魂顛覆的笑容，然後，留給郝寶貝一句最殘忍的話，「等妳的腦袋變得夠聰明的時候。」

第四章　暖男明蝦

自從向路西法告白卻被唾棄之後，郝寶貝簡直氣得想殺人。

什麼叫「等妳的腦袋變得夠聰明的時候」？能和路西法考上同一所學校，不就等於說明了，郝寶貝的腦袋和他的是同一個等級的嗎？為什麼路西法要故意說出那麼傷人的話來氣她呢？

不僅如此，在飯店刷掉的化妝、造型費用，也讓郝寶貝惹來郝爸爸的一頓臭罵，連郝媽媽都以為她被詐騙集團給騙了，才會刷掉那麼多錢。

郝寶貝當然不敢告訴爸媽，是因為要誘惑男人才刷卡，她聲稱是為了幫助學長姐的業績，才花了那麼多錢。幸好平時郝寶貝不常說謊，郝爸爸和郝媽媽一聽女兒是為學長姐兩肋插刀，也就沒再多責怪了。

只是，透支數月零用錢的郝寶貝被禁足在家，無聊至極的她用電視打發時間，意外看到周星星以前拍的電影。

雖然，這些電影的年代離郝寶貝都很遙遠，但其中那道「黯然銷魂飯」，以叉燒和洋蔥點出所有失意人傷在心裡，卻哭不出來的悽慘情境，簡直就是她現在這種心情的最佳寫照。

一想到這裡就特別想吃這道飯，可是心情不好的郝寶貝連門都出不了，索性傳賴給那個閒閒沒事幹的趙明佳，叫他充當跑腿宅配送。

「怎麼又想吃叉燒飯了？」提著便當袋的趙明佳，見郝寶貝懶懶的躺在沙發上動也不動，便走進廚房拿筷子先。

「要你管。」可聞到香味就自動爬起來的郝寶貝，等不及趙明佳拿筷子，她高興的打開便當，五爪下山，吃了再說。

「已經是第三天了，這種高熱量的飯菜再這麼吃下去，妳會肥死。」見狀的趙明佳抽出面紙，先把郝寶貝那油漬漬的五根手指頭擦乾淨，再把筷子遞給她。

「肥死總比嘔死好。」塞得一臉鼓鼓的郝寶貝，朝身後的趙明佳白了一眼，接著說：「嗯，叉燒真好吃。」

「喂喂喂，那妳也不能把我的叉燒都夾去吃啊！那我吃什麼？」剛泡好兩杯冰紅茶的趙明佳喊道。

「菜都給你，多吃菜大便才會通暢。」

「吃飯時間不要講大便好不好？沒衛生。」

「還不是你教的，以前我連屁都不會講。」

「屁啦！講最多的就是妳。」

「吵死了！老娘現在心情很差，別惹我。」

一臉安靜的趙明佳見郝寶貝吃得高興，就不多說話了，拿起筷子的他也跟著埋頭吃便當。

誰知，七天後，當趙明佳再拿著便當來到郝家時……
「又是叉燒？噁！」郝寶貝居然一臉的嫌惡。
「怎麼了，妳不是只愛吃這個嗎？」
「拿……拿走開，我……噁，聞到味道就想吐。」
「想吐！妳哪裡不舒服？」
「不知道。」
「懷孕了嗎？」
「去死啦！我跟誰懷？只是胃不舒服，你把叉……噁，拿遠一點就好。呼……」
「哦。」被嚇得一臉莫名的趙明佳，趕緊把便當用保溫袋包好。
「那妳要吃什麼，我再去買。」
「我現在什麼都不想吃啦！走開，讓我一個人靜一靜。」
「妳不會真懷孕了吧？聽說孕婦脾氣都特別不好。」
「我擦！你聽說過處女懷孕的嗎？現在的我連男朋友都沒有，就算想懷也沒機會好不好。」
「還真的有，耶穌他媽就是個處女。」
「他媽是他媽，你媽是處女嗎？」為什麼每次跟趙明佳講話，郝寶貝都會氣到想罵人。
「我媽曾經是。我爸說，那是一個夜黑風高的晚上，外面正下著滂沱大雨……」
「老梗啦！換一個。」雖然郝寶貝一臉不屑，可趙明佳沒理會她的吐槽，還是自顧自的說著，「我爸為了躲雨，跑到我媽家的屋簷下，於是我媽就留他……」

「不會吧！光下個雨就留他過夜？」八百年前的戲碼到Z世代了還有人唱？原來，趙明佳的媽也這麼先進？

「是留給我爸一把傘。」

「……」

「我爸拿了傘，謝過我媽後，本來打算要走，誰知道客廳裡『咚』的一聲，我外婆摔下來了。」

「你外婆？不對啊！你外婆不是很早就死了嗎？」

「對啊！原來妳還記得。不是她人摔了，而是她的神主牌掉下來了啦！」

「……」

「我媽說，當時她真是嚇了好大一跳，忙把我外婆的神主牌撿起來，還直對著那個神主牌哭說對不起，可神龕太高，她個子小，放不上去。」

「然後咧？」雖然是老掉牙的故事，但趙明佳卻說出了新梗，讓愛聽八卦的郝寶貝也跟著好奇。

「當然是我爸很熱心的幫忙放上去啦！」

「這樣你媽就嫁給你爸啦！」趙爸爸有一百八十五公分高，可是趙媽媽卻只有一百五十五公分，兩個人的身高確實落差滿大的，看起來，這位丈母娘挑女婿的眼光真好。

「可惜妳外婆沒住在這裡。」

「所以？」

「所以我一直沒機會幫忙。」

「我外婆在不在，跟你幫不幫忙有什麼關係？」

一時間想不明白的郝寶貝愣了下，後來腦筋一陣輪轉才想到趙明佳話裡的意思，感覺被觸霉頭的她，忍不住大手拍向趙明佳的後腦杓，「死明蝦，居然敢詛咒我外婆，看我媽回來不砍死你。」

翻身跳起的郝寶貝正要追著打他，誰知道趙明佳抱頭的雙手突然伸長，連忙喊卡，「我肚子餓了啦！可不可以先吃飯再說？」

「你是豬啊！就只知道吃，老娘到現在都沒胃口，你還有心情吃？」

「說真的，妳該不會是得厭食症了吧？」

「厭食？對吼，某女星不就是因為厭食症瘦得皮包骨。耶！我得救了——」

「可是完全不吃東西會脫水，到時候肥沒減成，反而會先沒命。」

「那我喝水就好啦。對，喝水。」郝寶貝趕緊打開家裡的水壺，快速的灌下。

「多喝水、多喝水、多喝水、多喝水、多喝水，我要多喝水……」她學起廣告伸展身體，彷彿藉由這個動作可以喝得下更多。

「可是水喝太多了也不好，會中毒。」趙明佳警告。

「什麼！咳咳……你幹嘛不早說？」

「根據研究，因為腎臟的最大利尿速度是每分鐘十六毫升，過剩的水分會使細胞膨脹，從而引起脫水低鈉症。所以，一次飲用太多的水，會讓血液內的電解質，因為被水分排出體外而降低，繼而影響到腦部的運作，甚至可能會致命。」

「什麼？連喝太多水會致命的這種科學案例，你也知道？」痞子趙明佳，什麼時候變得這麼博學多聞了？

「那，那怎麼辦？我剛喝了這麼多？」

「去運動吧！儘快把水分排出去。」

「運動？對！快點，我們去騎車，不然去打球也行，只要一打球我就會流很多的汗，效果快又好。」

「可是，妳叉燒一口都沒吃耶？」

「叉……嗯！別管了，現在顧命要緊。」郝寶貝拉著眼珠子還死纏著那盒叉燒的明蝦，轉身就跑。

「妳，真的不是懷孕？」

「死明蝦，再敢說我懷孕，我就閹了你。」

「怪了，妳懷孕閹我幹嘛？又不是我幹的……」

郝寶貝回頭死死的瞪了趙明佳一眼，但見他一臉莫名其妙的笑，還笑得一副又傻又開心的樣子。

「該不會少吃一頓飯，就讓他的腦筋短路了吧？」莫名其妙的郝寶貝在心裡暗想：「不過傻了更好，以後明蝦就只會對我唯命是從，變成我專屬的工具人了，嘿嘿嘿……」

本來心情極度惡劣的郝寶貝，因為趙明佳一天三餐的冷笑話，有事沒事的給她揍幾拳洩忿，外加每天陪她跑步，努力騎腳踏車消耗體能，終於讓郝寶貝沒力氣去回顧被路西法拒絕的傷心事。

可是，路西法做鴨的事情還沒有解決，郝寶貝並沒有因此放棄追查事情的真相，於是，拉下臉的她只好再次求助趙明師。

「社長拜託啦！再給我一次機會，這次我絕對不會再搞砸了，我保證。」手舉高高的郝寶貝發誓。

「保證！上次妳也這麼說，結果呢？妳還是控制不了自己，當場和路西法大吵一架。」推了下眼鏡的趙明師，一想到這裡就生氣。

「呃……」事實的確如此，垂下頭的郝寶貝難以反駁。

「妳事情搞砸了不要緊，可路西法居然到校長跟前告了我們一狀，說八卦社成員侵犯他的個人隱私，如果再有下一次，他就直接把事情爆給水果日報的記者。」越講越生氣的趙明師，憤而舉起手指著郝寶貝的頭，「妳又不是不知道，校長本來就是個膽小怕事的，因為這件事，我在校長室門口足足站了三個小時，三個小時。」

被罵到狗血淋頭的郝寶貝，心虛到連頭也不敢抬一下，可也在心裡暗唸：「什麼跟什麼嘛！路西法不怕事情曝光也就算了，居然還惡人先告狀。」

可沒罵夠的趙明師繼續唸道：「那三個小時的我就像個犯人一樣，接受全校同學既唾棄又鄙夷的目光洗禮，可事情是我做的嗎？是我嗎？是我嗎？」

「不是你媽，是我啦！」被嗆到快哭的郝寶貝泣道，「社長對不起，我知道錯了，可既然是誤會就要澄清不是嗎？我一定會想辦法查明事實，還你清白的。」

「不用了，就怕再繼續給妳出任務，下次我恐怕就要到法院門口去站了。」趙明師揮手趕人。

「社長……」雖然，郝寶貝對著趙明師軟磨硬泡、死纏爛打，可他這回似乎鐵了心不想再理郝寶貝，對她的苦苦哀求也視若無睹，甚至無動於衷。

看來繼續把時間耗在這裡也不是辦法，既然趙明師見死不救，那郝寶貝只好自力救濟，找其他人幫忙。於是，趙明佳這個工具人，又成了她的不二人選。

「到底要我說幾次，路西法跟你不熟，現在只有你才有機會靠近他，懂嗎？」利用放學時間，郝寶貝扯著陪她回家的趙明佳不放。

「老哥都說這件事到此為止了，妳幹嘛還要一直糾纏下去？」原本心情還蠻好的趙明佳，一聽到路西法三個字，就開始變得不耐煩。

「但這整個事件都是因我而起，身為始作俑者的我當然要負責啊！」

「什麼叫始作俑者？始作俑者明明是路西法他自己，關妳屁事？」不想討論這件事的趙明佳越走越快，以至於腿短的郝寶貝要小跑步，才能跟得上他。

「路西法的事就是我的事，你想幫也好，不想幫也罷，總之，你就是非去不可。」幾乎要吼出來的郝寶貝實在搞不懂，趙明佳對她的要求一向來者不拒，為什麼獨獨對跟蹤路西法這件事抵死不從。

「我就不去，妳能怎樣？」趙明佳轉身怒道。

可突然停下腳步的趙明佳，讓緊追在後的郝寶貝猝不及防，導致煞車不及的她，一鼻子撞在趙明佳的後背上。

沒想到，看起來皮包骨的趙明佳後背硬得像面牆，撞得郝寶貝的鼻子簡直要斷了。痛到兩眼汪汪的郝寶貝抬頭看著趙明佳，口不擇言的說道：「嗚……如果你不去，我就死給你看。」

「……」

轉身盯著她的趙明佳久久不語，郝寶貝因為鼻子實在太痛，眼淚就這麼不受控制，撲簌簌的落了下來。

「妳就那麼喜歡他嗎？」嘆了口氣的趙明佳，伸手幫郝寶貝擦掉那一臉的眼淚，原本一直堅持的語氣，也被那些眼淚給泡軟了。

「嗯。」郝寶貝幾乎是反射性的猛點頭。

「就算他討厭妳也沒關係？」

奇怪，這兩句話怎麼這麼熟悉，好像有人也問過她同樣的問題？

「……」

「如果他像對其他女生那樣，和妳在一起後又甩掉妳，也沒關係？」

「我……」低下頭的郝寶貝不知道。

其實，路西法已經對她說得那麼明白了，郝寶貝當然清楚不可能和他在一起，可是……可是，她就是無法放棄對路西法的堅持，真的沒辦法啊！

「只要他能喜歡上我一點點，一點點我就心滿意足了，真的。」郝寶貝加重語氣說道，彷彿這樣就可以增強她自己的信心，彷彿這樣，路西法就會真的喜歡上她一樣。

然而此時的趙明佳，卻用一種深邃又無法讓人理解的複雜眼神看著郝寶貝，像是在說話，又像是在分析她現在的心情一樣，讓郝寶貝心裡覺得有些發毛。

「你，你幹嘛……這麼正經的看著我？」縮了縮脖子的郝寶貝，忍不住用力捶了下趙明佳的肩膀。

突然被這一拳喚回魂的趙明佳聳聳肩，無奈的他又嘆了口氣，說道：「都說兄債弟償，誰叫我老哥有事沒事讓妳去跟蹤路西法的，現在既然頭都洗了，我只好幫妳洗乾淨嘍！」

「真的！」終於說服這隻頑固蝦的郝寶貝，眼睛瞬間放亮。

「嗯。」再次轉身的趙明佳，一臉沮喪的默默往前走。

「君子一言，駟馬難追。」擔心趙明佳反悔的郝寶貝，再次問道。

「嗯。」

「太好了。這是我從社長那邊摸到的路西法家地址，那從明天開始，你就代替我到他家待著，只要看到路西法出門就馬上賴我。」

「嗯。」

「記得哦！路西法隨時都可能出門，你要寸步不離的守在他家。」

「寸步不離？那肚子餓了怎麼辦？」

「我買麵包給你頂著先。」

「口渴了呢？」
「放心，星巴克的咖啡也給你準備好。」
「無聊怎麼辦？」
「呃……我用賴陪你聊天。怎麼樣，服務夠到位了吧？」
「再加一項，妳每天中午都要陪我吃飯。」
「沒問題！成交。」
在一連串的討價還價後，終於露出淺笑的趙明佳，伸手與郝寶貝擊掌，然後，兩人像國小時相互牽著手，一起漫步回家。

都說：「天無絕人之路。」即使路西法撂下狠話，甚至警告八卦社，說如果有人再敢跟蹤他，就爆料給水果日報，但其實路西法太小看了郝寶貝，就算她本人不出馬，還是一樣有破解的方法。

對郝寶貝這個二次元腐女而言，3C產品除了可以讓她隨時隨地、無時無刻的腐以外，幾乎沒有其他功能。可自從路西法出現後，她瞬時從綺麗的虛幻世界，墮落到充滿酸甜苦辣的現實生活，也因此，擅用3C產品成了郝寶貝現在最重要的技能之一。

為了準確無誤的盯緊路西法的行蹤，郝寶貝這幾天都是一下課後，就催著趙明佳出任務。不過，平常就仰賴趙明佳買便當的郝寶貝，現在卻少了個跑腿的，所以只能可憐到端著碗泡麵，來填飽自己的五臟廟。

「怎麼樣？今晚有動靜嗎？」一邊吃著泡麵，一邊傳賴給趙明佳的郝寶貝問道。

「沒。」

平常郝寶貝隨便傳個訊息，趙明佳就巴拉巴拉的聊個沒完，怎麼一問到路西法的狀況時，就回得簡單扼要？

「怪了，路西法最近怎麼都不出門，難不成，他辭職不幹了。」雖然郝寶貝在心裡這麼希望，但是，趙明佳馬上就給她打槍。

「沒聽過：『由儉入奢易，由奢入儉難』嗎？受眾人追捧的時間久了，怎麼可能受得了一個人的孤單寂寞冷？我看不用多久，他就會忍不住出來重操舊業啦！」

「喂！什麼重操舊業？他一定是有什麼不可告人的苦衷。」

「事實就是事實，有本事下海，還怕別人在背後指指點點？」

就算郝寶貝的心裡有再多的質疑，但路西法去飯店陪一堆男人喝酒吃飯是事實，她再怎麼替路西法強辯也沒有用。

「總之，查出真相一切答案就揭曉了，我相信他絕不會是個愛慕虛榮的人。」

過了許久，已讀不回的趙明佳，始終沒有再傳訊息過來。

郝寶貝知道他肯定又不高興了，也懶得去理他的這種小情緒，反正從小到大，都是趙明佳在哄著她、讓著她，郝寶貝哪有那個閒功夫管他開不開心。

放下手機，郝寶貝端起碗公，唏哩呼嚕的把剩下的湯都喝掉之後，肚子才稍稍覺得有些飽足感。雖然，一個人吃飯的感覺很寂寞也很孤單，但為了路西法，郝寶貝可以忍，也願意忍。

隔天，剛拿起背包趕出門的郝寶貝，差點兒撞上呆站在門口的趙明佳。原本一早的起床氣才正想要發作，但在看到趙明佳那兩隻沒睡飽的熊貓眼後，郝寶貝瞬時就心軟了。

「昨天很晚才回家嗎？」有鑑於前幾次蹲點等人的痛苦經驗，郝寶貝對趙明佳連續三個晚上的辛勞付出，還是有點同理心。

「嗯。」在簡短的回答之後，趙明佳一臉委靡的轉身，向坐車的方向走去。

平時上學和放學，都是趙明佳和郝寶貝的鬥嘴時間，可今天的他很反常，明顯沒有要和郝寶貝耍賤的樣子。

兩個人肩並肩，一起默默的走到公車站牌，只是趙明佳的眼光始終看著地上，連正眼都沒有看一下郝寶貝。這讓她覺得很不習慣，很不自然，甚至有點兒尷尬。

「喂！看你精神這麼不濟，我請你喝杯咖啡好了，不然待會兒怎麼上課？」心虛的郝寶貝抬高臉陪笑。

趙明佳向來吃軟怕硬，郝寶貝暗想自己這麼好心的對他，趙明佳就算沒有馬上跪下來叩謝皇恩，好歹也要回報給她一張好臉色。可是……沒有。

「我昨晚就是喝了妳送的咖啡，才一夜沒睡的。」垂下頭的趙明佳聲音沙啞得可怕，像個七老八十的阿公。

「可是，前兩天都沒事啊！而且你又不是第一次喝咖啡，難道是喝太多天了，咖啡因中毒？」

「前兩天妳給的是星巴克的咖啡，昨天的不是。」突然緊閉雙眼的趙明佳搖搖晃晃的，讓郝寶貝誤以為他那顆不新鮮的蝦頭要掉下來了，嚇得連忙伸手撐住。

「星巴克的咖啡實在太貴了，我的零用錢有限，沒辦法天天買嘛！」心虛的她低聲說道。

「那我昨天喝的是什麼？」

「我老媽從賣場拿回來的即溶咖啡啊！因為是免費贈送，我怕廠商偷工減料，還給你泡雙份耶，夠好了吧！」難得的體貼，讓原本心虛的郝寶貝裂嘴抬頭，只見趙明佳瞪著黑輪似的眼睛，一臉不可置信的看著她。

「怎麼？還是不夠濃嗎？」

趙明佳想說話，卻張著嘴，一句都說不出。

「切！果然免錢就沒好貨，都跟我媽說過幾次了，不要為了貪小便宜拿賣場給的免費贈品，她偏不聽。」搞不清楚狀況的郝寶貝，伸手拍拍趙明佳的肩膀，安慰他：「你放心，雖然我不喝咖啡，但是對你一定不會小氣的，今晚我泡三包，味道肯定媲美星巴克等級。」

誰知，郝寶貝的話都還沒說完，趙明佳就昏了過去。

因為趙明佳身體不適，郝寶貝只好暫時充當護草使者，一路扶著他進教室。沒想到，校園的那一頭走來一大群妖魔鬼怪，正簇擁著神一般耀眼的路西法，朝著他們這個方向過來。

自從在飯店告白被路西法恥笑之後，郝寶貝就沒有再見過他了。一來，是郝寶貝不曉得要用什麼樣的心情，去面對拒絕自己的男神；二來，是怕路西法真去水果日報爆料她跟蹤，屆時，社長趙明師一定會毫不留情的打死她。

所以，即使走在往日路西法的必經之處，郝寶貝也會低著頭，假裝什麼都沒看見的快速通過。這也不禁讓郝寶貝感嘆起，為什麼她的愛情來得有如洪水般急切，卻又走得這樣坎坷。

她愛的路西法不愛她，上帝卻偏偏讓郝寶貝愛上他，即便路西法還是那樣的高傲，那樣的不可一世，那樣的令她神魂顛倒。

正當郝寶貝在為她和路西法的愛情，感到深深的哀傷時，身邊的趙明佳突然用力推開她扶著自己的手，低喊：「喂！妳不閃嗎？」

完全沒有防備的郝寶貝被推開，還差點兒撞到一旁的路樹，氣得她不禁對著趙明佳破口大罵：「見鬼了，你幹嘛？」

「那隻鴨來了。」

「鴨？」感到一陣莫名的郝寶貝，低頭小心腳下，「學校裡哪來的鴨？」

「路西法。」趙明佳再次掩嘴低喊，順便把郝寶貝擠到路邊的大樹下，「如果被路西法發現我們兩個人的姦情，我還怎麼監視他？」

「什麼姦情？我們之間只有友情，就算蓋棉被也只會純聊天的友情。」差點翻臉的郝寶貝，紅著臉反駁。

「好好好，友情，純友情，那也不能讓他發現我們是同一伙的，對不對？」

「對吼！可……可是這裡沒有地方可以躲啊！」樹幹不夠粗壯，根本擋不住她的身材，郝寶貝眼見路西法就要走近，看著身邊空無一物的她，急得團團轉。

「我啊！我可以幫妳擋一下。」

對於趙明佳的自告奮勇，心急如焚的郝寶貝，當下感激得差點兒沒掉下眼淚，「那……那你，快點靠過來，再靠近一點。」

拉住趙明佳的上衣袖子，郝寶貝企圖將自己埋在裡面，「看不見看不見，路西法看不見我，路西法看不見我。」龜縮的她，將臉埋在趙明佳的兩臂之中，好像唸咒似的在口中唸唸有詞，以為這樣就真的可以當自己不存在。

可伴隨著路西法身邊的學姐們，曖昧又挑逗的言語越來越清晰時，郝寶貝的一顆心，卻因此跳得越來越亂，越來越狂。

「那個八卦社記者實在太壞了，居然敢公然造你的謠，路西法，你應該告她毀謗才對。」

郝寶貝認得這個學姐的聲音，就是之前說路西法傷風敗俗的那個人，可如今她在路西法面前居然這樣數落郝寶貝，真是知人知面不知心。

「這不就是『吃不到葡萄，說葡萄酸』的標準心態嗎？那個八卦學妹，肯定是被路西法拒絕了，才使出這種下流又不要臉的手段。路西法，我說的對不對？」

咦？這就是說願意按次給路西法錢的那個學姐啊！她憑什麼……憑什麼這樣說？

「什麼學妹？跟她讀同一所學校，我自己都引以為恥。這種女生就活該一輩子沒有男人喜歡，永遠都只能流著口水，羨慕別人的男人才對。哈哈哈！」

好惡毒！她怎麼可以……怎麼可以這樣狠心的詛咒別人的感情？

拉著趙明佳袖子的郝寶貝，聽得全身發抖。

她是喜歡路西法，但那有什麼錯？全校喜歡路西法的人又不止郝寶貝一個，跟她們這些表裡不一的學姐比起來，至少郝寶貝勇於承認。

再說了，郝寶貝並沒有造謠，路西法確實和那個女人，還有一堆男人有不清不楚的關係，為什麼大家都只咒罵她一個？而正當郝寶貝要替路西法澄清時，她們卻又推波助瀾的散播起謠言來？

「下流又不要臉？」如果郝寶貝真的下流又不要臉，那她又何必餓著肚子，苦苦的跟蹤路西法，還被路西法恥笑、唾棄，只為證明他的清白？

就在那群學姐喋喋不休的咒罵聲中，路西法朝趙明佳那個方向看了一眼，不禁暗忖：「光天化日之下，會在學校的大樹底下抱在一起的，不是情侶又會是什麼？」

可那麼熟悉的身型和衣著，就算路西法蒙著眼睛都猜得出來是誰。不以為然的他，抿了抿那性感的薄唇，帶著一臉的不屑回過頭。

郝寶貝持續緊繃的情緒，隨著學姐們尖銳的聲響漸漸遠去而緩解，但更多無法宣洩的委屈和憤怒，卻不受控制的翻湧出來。

嘲笑、羞辱，讓肚子裡的酸液，不斷從她的眼睛和喉嚨裡溢出來。可是，只能啞巴吃黃蓮的郝寶貝，除了打落牙齒和血吞外，還能怎麼辦？

在路西法的那一票鐵粉面前，她不過是個受眾人唾罵，並引以為恥的八卦社記者，郝寶貝甚至與她們面對面辯駁的勇氣都沒有。

郝寶貝怪自己沒用，既不能對路西法失德的行為釋懷，又無法放棄對路西法情感上的執著，她活該一輩子沒有男人喜歡，永遠都只能流著口水，羨慕別人的男人！

「哇——」一想到這裡，情緒失控的郝寶貝，不禁伏在趙明佳的身上嚎啕大哭。

這讓原本還用雙臂遮住她的趙明佳，也跟著緊張了起來，「喂！又沒被發現，妳哭什麼？」

沒注意到路西法表情的趙明佳，自以為躲過一劫。

「嗚……可是剛剛學姐說，說我下流又不要臉，我真的……真的那麼不要臉嗎？」

「唉，都說『樹不要皮必死無疑，人不要臉天下無敵』，這可是現代人必備的金科玉律，別人學都來不及了，學姐那是在稱讚妳。」

「可是……可是她們還咒我說，我活該一輩子沒有男人喜歡，永遠都只能羨慕別人的男人，嗚……」

「誰說妳沒有男人喜歡的，她們只是不知道，那個……我……」

郝寶貝見向來心直口快的趙明佳也回得支支吾吾，倍受挫折的她再也忍不住，又開始放聲大哭，「我就知道，你一定也認為我沒男人緣，活該一輩子沒男人喜歡。」

見郝寶貝哭得這麼悽慘，深吸了口氣的趙明佳抓住她的手，義正詞嚴的說：「不要再說妳沒男人喜歡了，我不是男人嗎？我就很喜歡妳啊！」

雖然趙明佳這麼說，但平時最討厭被別人同情的郝寶貝，說什麼都不會相信他這種鬼話，於是扯回被趙明佳拉住的手說：「你……我不需要你的同情。」

「誰說是同情了？我是真的喜歡妳，一直……一直都很喜歡。」

「真的？」

「嗯，真的。」

「哈哈哈，早說嘛！」鬆口氣的郝寶貝破涕為笑，還用力的拍向臉紅的趙明佳說：「那我們說好了，如果我到二十五歲還沒有男朋友，就考慮讓你候補。」

原本一臉認真的趙明佳一聽郝寶貝這麼說，反而有點兒被嚇到。

她……不是喜歡路西法嗎？

可是思忖再三的郝寶貝又補上一句，「但要是我已經有男朋友，你就不能再喜歡我了呦！我對愛情可是很忠誠的，絕對不是那種朝三暮四、見異思遷的女人。」

「哈！當……當然。」愣了下的趙明佳轉身，故意大笑，「若是哪個沒眼光的男人看上妳，我一定會很樂意、很高興，巴不得趕快把妳送出去。」

「嗯，那就好。」趕緊跟上趙明佳腳步的郝寶貝，像平常一樣和他肩並肩的走向教室，卻沒有再說上一句話。

靜謐的氣氛變得尷尬，兩人都彷彿可以聽到自己的心跳聲，可是一種說不出是矛盾，還是訝異，甚至是小吃驚，讓郝寶貝的心臟突然怦怦的跳了起來。

這是她第一次見到路西法時，才有的感覺啊！難道，對認識十幾年的這隻臭明蝦也會？

☆　☆　☆　☆　☆

紅著一張臉又垂頭喪氣的趙明佳，一踏進門，就看到哥哥趙明師正在整理剛印出來的期刊稿子。

身為八卦社社長的弟弟，趙明佳對那些八卦新聞的來龍去脈，自然都是第一手的消息。雖然為了跟蹤路西法，郝寶貝還得死纏爛打的拜託趙明佳幫忙，但其實，路西法的一舉一動，趙明師這裡都有完整的訊息來源，根本用不著趙明佳大費周章的跑去路西法家當笨蛋。

但是，為什麼趙明佳不明說，還要這樣傻傻的幫她？

第一，路西法的身分不普通，他已經向校方澄清鴨子事件的源由，並且希望學校不要再插手管他的事，八卦社身為學校的社團之一，自然要接受學校的管束。第二，郝寶貝已經被路西法的外表給迷得神魂顛倒，趙明佳如果再跟郝寶貝說出路西法的真實身分，那她的眼裡，恐怕就再也沒有趙明佳這個青梅竹馬了。

與其對郝寶貝澄清路西法的作為，趙明佳寧願路西法被郝寶貝繼續誤會下去。況且，因為趙明佳的幫忙，郝寶貝還自願每天和他一起共進午餐，這可是趙明佳夢寐以求的啊！

趙明佳五歲那年，因為父母工作的關係，搬到郝寶貝家附近。經常帶著郝寶貝在巷子口和一堆婆婆、媽媽話家常的郝媽媽，不久，就和出門送小孩上學、補習的趙媽媽混得很熟。

小時候的郝寶貝很可愛，大大的眼睛，圓圓的臉龐，常常穿著粉嫩的小洋裝，騎著小車在巷子裡玩。嘴巴甜的她，逢人就會道聲「叔叔好」、「阿姨好」，一臉的燦笑，讓左右鄰居都很喜歡她。

趙家父母對趙明佳和趙明師兩兄弟的教育極為嚴格，所以，他們很小就被送去雙語幼兒園就讀。為了不被外面的孩子帶壞，剛上小一的趙明師放學就被送到補習班，而中班的趙明佳，則要念許多爸媽指定的課外讀物，以打發課餘的時間。

經常被關在家裡的趙明佳，總是趁著趙媽媽外出時，獨自趴在窗檯上，用一種極盡羨慕的眼光，偷偷看著不用上學，又可以整天玩耍的郝寶貝。

六歲那年，郝媽媽在趙媽媽的勸說下，也把郝寶貝送到趙明佳就讀的那所幼兒園。向來都黏在媽媽身邊的郝寶貝，突然被送到一個陌生環境，還得強迫跟自己的媽媽分開，心裡無助又徬徨的恐懼，讓感同身受的趙明佳可想而知。

趙明佳還記得，郝寶貝剛來幼兒園的那天哭得很慘，老師拿了很多玩具吸引她都沒有用，和他三歲那年，第一天進小小班的景況一模一樣。

老師見郝寶貝久哄不停，也去忙自己的事，任她一個人坐在教室裡哭，一直到老師送來好吃的點心後，郝寶貝才在老師的半哄半騙下，吃起了早餐。

剛上幼兒園的郝寶貝是老師的頭痛人物，平時玩慣的她沒有上學的概念，經常在上課時間跑去玩玩具，遊戲時間肚子餓吃點心，而在吃飯的時候吵著要回家。

雖然，郝媽媽每天都會問老師孩子乖不乖，但可能礙於招生壓力，老師從沒有跟郝媽媽反應過，寶貝異於其他孩子的脫序行為。

也許是出於同情，又或者不想讓這麼天真的孩子成為被老師厭棄、同學們恥笑的對象，趙明佳開始接近郝寶貝，並教導她上課要遵守的規矩。

郝寶貝是個聰明的孩子，在趙明佳的身教及言教下，她很快就了解幼兒園和家裡的不同，也就是這樣，趙明佳成了她在幼兒園裡最要好的朋友。

他和郝寶貝一起坐娃娃車上、下學，郝媽媽發現趙明佳和女兒走得近，也開始和趙家熱絡起來，甚至邀請他們到家裡吃飯。兩家父母聊得投機，還開玩笑說，以後要讓郝寶貝嫁到他們家，郝媽媽聽了很開心，對趙家兩兄弟就更好了。

可沒多久，趙明佳就聽媽媽跟爸爸說了一些郝家的耳語，例如：郝爸爸在公司的職等不高，郝媽媽愛八卦聊別人的是非，郝家的經濟狀況不怎麼好等等。

年齡還小的趙明佳不懂，郝家的爸爸、媽媽跟他們有什麼關係，但沒多久，趙家兄弟就被媽媽禁止到郝家，也不准趙明佳和郝寶貝玩在一起。

上了小學後，趙明佳和郝寶貝分屬在兩個不同的班，可是才上完第一堂課，郝寶貝就雙眼淚汪汪的跑來找趙明佳，「嗚……同學笑我連A、B、C都不會寫，沒出過國，也沒坐過飛機，遜斃了。」

「出國一點兒也不好玩，坐飛機又很累，妳幹嘛去活受罪？」趙明佳安慰郝寶貝。

天真的郝寶貝，眨了眨泛著淚光的雙眼，問趙明佳：「你怎麼知道坐飛機很累？」

「我爸爸說的。」趙明佳刻意隱瞞自己也坐過飛機。

郝寶貝歪著頭，想了好一會兒，突然笑問：「那以後你賺很多錢，再帶我出國、坐飛機，好不好？」

莫名開心的趙明佳沒想到郝寶貝會這麼說，他高興的牽起郝寶貝的手，答道：「好。」

這是趙明佳第一次，對一個女孩子許下承諾，所以他在心裡暗暗發誓，以後只要是郝寶貝的要求，無論是什麼，趙明佳都一定要實踐它。

自此後，趙明佳就經常瞞著爸媽，和郝寶貝偷偷來往。

學校每天早上都有義工媽媽為低年級的小朋友說故事，郝寶貝很喜歡聽故事，但他們家沒有故事書可看。知道後的趙明佳，就好心的借了本格林童話給她，沒想到，隔天郝寶貝竟然哭著把書丟還給他。

「這裡面有吃人的大野狼，還有，小紅帽好可憐，小紅帽的奶奶也好可憐，我不要看了。」

一臉莫名的趙明佳趕緊拿回書，不了解郝爸爸和郝媽媽是怎麼解釋這個故事，才導致寶貝嚇成這樣。於是隔天，他又拿了一本《白雪公主與七個小矮人》，誰知郝寶貝翻了翻，又哭著還了回去，說裡面的巫婆好可怕，蘋果都有毒，她不要看。

從此後，郝寶貝就再也沒有跟趙明佳要過童話故事書。

為了緩和郝寶貝對童話故事的恐懼感，趙明佳常常給她講笑話，有時都還沒有講到笑點，她就開始咯咯咯的笑個不停，惹得趙明佳也跟著開心了起來。

也許是兩人這樣的相處模式，讓趙明佳在面對緊張的課業時，得以暫時的放鬆一下心情，有時他甚至不了解，會喜歡上郝寶貝是因為她需要趙明佳，還是趙明佳比較需要她。

由於趙明佳的課程排得很緊，一、三、五要補英文和數學，二、四、六要上各種才藝班，讓他就算想和郝寶貝一起回家都沒有辦法。幸好，郝寶貝經常在下課時間跑來找他，有時聊聊天，有時問功課，班上的同學都笑說：郝寶貝是他的女朋友。

聽到這種傳言的郝寶貝很生氣，可是趙明佳卻很開心。

星期日是趙明佳唯一的自由日，只要聽到爸媽有應酬，他就趁機跑到郝寶貝家去，可郝媽媽卻經常反問他：為什麼不找哥哥一起來？

趙明佳不敢坦誠自己是偷偷跑來的，只好有一搭沒一搭的回說：「哥哥去補習，沒有空。」

他知道郝爸爸和郝媽媽都比較喜歡哥哥，趙明師的功課好，人又長得斯文，是長輩眼中的好孩子。趙明佳為了讓郝家父母對他有好的印象，只好更加用心的照顧郝寶貝，讓他們可以無憂無慮的放心出門。

因為有趙明佳的陪伴，經常一個人在家的郝寶貝不再孤單，也因此，兩人的感情也變得越來越好。

就在趙明佳覺得自己的人生一帆風順時，剛升上高一的哥哥趙明師，卻和爸爸、媽媽鬧起了家庭革命。

原來，已經考上建中的他，居然偷偷跑去報了所不知名的高中就讀，還賭氣不回家，讓失望透頂的趙爸爸天天破口大罵，趙媽媽日日以淚洗面。

對大兒子傷心至極的趙家父母，只好把唯一的指望都放在趙明佳的身上，時時刻刻叮囑小兒子一定要好好念書，考上好的大學，找到好的工作，才會有好的人生。

為了緩和家中悲憤的氣氛，趙明佳表面上答應爸爸、媽媽的要求，卻不知道這樣的決定到底是對還是錯。因為，天資不如趙明師聰明的他，並沒有如願考上爸媽希望的那所學校。更糟糕的是，他們居然以為是小兒子分心去幫郝寶貝複習，才沒有顧好自己的課業，於是下了禁足令，不准趙明佳再去郝家。

此時的趙家父母對郝寶貝極度的不諒解，趙明佳為了避免再刺激爸媽，便與郝寶貝保持距離。反正上了高中，兩人還是有機會再一起上學，可沒想到郝寶貝居然報了所女校，並且住宿。

這意味著，趙明佳將會有整整三年的時間都看不到郝寶貝，這個晴天霹靂的消息，簡直比考不上名校更令他感到心灰意冷。

失去郝寶貝陪伴的趙明佳，生活頓時失去了重心，他天天徘徊在郝家門口，但除了郝爸爸和郝媽媽，始終見不到郝寶貝。

趙家父母見小兒子整天失魂落魄的，以為他是因為沒考上好學校而懊惱，於是望子成龍的他們苦口婆心，外加威脅逼迫，讓趙明佳又再度過上沒日沒夜的補習生活。

升高二的那年暑假，苦苦守候的趙明佳，終於等到郝寶貝回來。可是，原本活潑可愛的她卻變得陰鬱，明顯的不開心，遇到鄰居也都視而不見，彷彿和大家變得很疏離。

這讓趙明佳覺得訝異，也感到傷心，那個喜歡聽他講笑話的郝寶貝，動不動就咯咯笑的郝寶貝，卻在短短的一年時間內，完全變了樣。

為了瞭解郝寶貝性格轉變的原因，趙明佳每天三餐用賴問候，就算在補習班上課，也不忘隨時偷偷回訊息。就在幾個月的頻繁聯繫後，突破郝寶貝心結的趙明佳終於知道，原來她的苦悶和憂鬱，都是來自班上同學以及課業的壓力。

郝寶貝國中時的成績還算中等，但為了考上好的大學，她才會選擇就讀私立高中。然而學校的高壓政策讓原本就悠哉慣了的她，不得不強迫改變自己的生活作息，來應付學校從早到晚的讀書和考試。

還有，私校的學生家中經濟狀況普遍良好，一群女生不是比名牌就是狂追星，卻讓從小生活儉樸、什麼名牌明星都不認識的郝寶貝，受到眾多同學的排擠和霸凌。

生理及心理的壓力逼得郝寶貝喘不過氣，甚至，還得靠吃止痛藥來抑制身體對她的反撲。

在得知郝寶貝為了考上好大學這樣折磨自己，趙明佳心痛難忍。為了找回她昔日的笑顏，趙明佳從理性的開導、勸說，漸漸用耍賤的方式來吸引郝寶貝的注意。

沒想到比起教條式的勸說，耍賤招真的很有效，郝寶貝終於又回到趙明佳熟識的那個她。於是，趙明佳拋棄了原本正經八百的乖寶寶面孔，成了逗郝寶貝笑的痞子開心果。

高三那年，趙明佳在父母的威逼下，終於如他們的願，考上了T大。

就在學校放榜沒多久，一群女同學或親自，或用遞紙條的方式來跟他告白，但是，都被趙明佳一一回絕了。

感情不是建立在成績和名校的基礎上，如果，她們看到趙明佳在郝寶貝面前的痞子樣，想必會嚇得落荒而逃吧！

之前趙明師和爸媽鬧家變時，身為弟弟的趙明佳，一直不了解有什麼理由，讓哥哥必須用這種斬斷親子關係的極端方式，來爭取他自己想要的自由。但就在趙明佳得知郝寶貝選上的學校，就是他哥哥讀的那一所後，趙明佳竟然毫不留戀，甚至沒有任何猶豫的放棄了T大，選擇和郝寶貝讀同一所。

因為他擔心，也害怕跟郝寶貝再分開四年後，她又會變得鬱鬱寡歡，趙明佳想要永遠、永遠的守在她身邊，讓她一輩子都過得開心，過得快樂。

而這次，直覺被乖兒子背叛的趙家爸媽，連對他發脾氣的力氣都沒有，就直接把趙明佳這個不肖子狠狠的掃地出門。

雖然身無分文，又毫無打工經驗的趙明佳被迫離家，但他覺得這樣也好。如果，媽媽哭著問他為什麼不讀T大，身為兒子的趙明佳，反而會因為答案而羞愧得無地自容。

都說：「塞翁失馬，焉知非福？」十幾年的苦讀基礎，讓趙明佳得以輕鬆的面對新的大學生活。所以，他每天除了陪郝寶貝上、下學，平時還能兼家教賺錢，假日就經常去她家串門子，這種逗郝寶貝開心的日子，讓趙明佳的人生又重新鮮活了起來。

雖然，有家歸不得的他，只能和哥哥趙明師窩在一間小套房裡，過著簡單的日子。但是沒關係，趙明佳會用未來向爸媽證明，就算不讀名校，人生也一樣可以過得很美好。

可惜好景不常，即使趙明佳自詡和郝寶貝兩小無猜、青梅竹馬，卻還是不敵香港來的超級男神——路西法。

錯估外表對異性的吸引力，是趙明佳最大的敗筆。他總以為，即便像哥哥趙明師，長得有如徐志摩文青般的外貌，郝寶貝也從未多看過一眼，但為何對路西法，她竟會毫無抵抗能力可言？

尤其，路西法和郝寶貝根本是兩個世界的人，他的帥氣和高傲的態度，對年輕女生都是致命的吸引力，可同樣也會帶給郝寶貝更多殘酷的競爭和痛苦。

趙明佳不願意見到郝寶貝再受這樣的罪，死都不願意！

所以，為了拉回郝寶貝的心，趙明佳批評路西法的外表，加重誹謗他的情感道德，甚至，不惜對路西法以訛傳訛的流言推波助瀾。即使這些卑鄙的手段，會讓趙明佳在夜裡因為不安而感到愧疚，但是他別無選擇。

後來，趙明佳從哥哥那邊得知路西法的身世後，更加確定，路西法之所以和學校裡的女生在一起，都是為了商業利益。也因此，寶貝單薄如紙的家庭背景，是絕不可能讓路西法看上她的。

可是，無論趙明佳怎麼苦口婆心，郝寶貝始終都放不開路西法。

直到那天，兩眼汪汪的郝寶貝對著趙明佳說：如果不幫忙，就要死給他看時，趙明佳的情感終於潰敗。

她是真的喜歡路西法，喜歡到，不惜以死相逼，就像趙明佳喜歡她，喜歡到，不惜拿自己人生的未來去賭一樣。

於是，趙明佳答應她了，答應幫她跟蹤路西法，答應幫她證明路西法的清白，答應得直接，答應得乾脆，答應得無怨無悔。

可就在那晚回到住處的趙明佳，卻抱著趙明師，像個孩子似的嚎啕大哭。

「哥，我剛剛……跟寶貝告白了。」回家後，坐了好一會兒的趙明佳，突然說道。

「哦。」推了推眼鏡的趙明師抬頭看了弟弟一眼，隨即又面無表情的繼續審稿子。

「她說，如果到二十五歲還沒有男朋友，就考慮讓我候補。」有些失笑的趙明佳，低頭彈了彈自己的手指。

「那你呢？你怎麼不說說，高中就開始排隊等著當你女朋友的，再加上現在的同學、學妹，她可能連候補的機會都沒有。」

「哥又不是不知道，她現在的眼裡除了路西法，還能看得見誰？」

「那你呢？你從以前到現在，眼裡除了那個郝寶貝，還曾經有誰？」

是啊！

這十幾年來，多少溫柔漂亮、成績又好的女同學向他告白，趙明佳都視若無睹，只因他的眼裡除了郝寶貝，誰都看不見啊！

第五章　真相大白

雖然大二的課業對趙明佳而言不算什麼，但成績普通的郝寶貝，卻覺得一點兒也不輕鬆。為了避免被當，郝寶貝只好乖乖的待在家裡K書，所以調查路西法的工作，自然就落在趙明佳的身上。

「喂！怎麼樣？今晚有動靜嗎？」一邊用叉子攪拌義大利麵，一邊吹氣的郝寶貝滑著手機問道。

自從上次趙明佳發現，毫無生活技能的郝寶貝，連續吃了五個晚上的泡麵後，就把她罵了個狗血淋頭。氣急敗壞的趙明佳，馬上去超商幫她挑了炒飯、炒麵，還有咖哩等各種口味的微波食品，堆在郝寶貝家的冰箱。

有什麼辦法，趙明佳擔心她這個只會煮開水泡麵的生活白痴，再這麼吃下去，遲早變成活的木乃伊。

「噓……」

手機那頭傳來趙明佳比噓的貼圖，害得郝寶貝一緊張，被一口熱麵給燙到。

真是的，盯了路西法那麼久，怎麼剛好趕在這個時候出狀況？難不成為了賺錢，路西法連考試都不顧了？

郝寶貝又連續傳了個緊張和滿臉問號的貼圖過去，就希望趙明佳別賣關子，趕緊說清楚講明白。

「我現在在東華飯店，路西法和一群外國男人剛進去裡面吃飯，那個包養他的情婦在飯店外打手機，樣子好像很高興。」

靠！又是男的，那個女人真的很會摧殘國家棟梁，這是要把路西法賣到外國去嗎？

「聽得到他們說些什麼嗎？」

「說的是法文，聽不懂。」

「聽不懂還知道是法文？」

「我常看法國片啊！」

趙明佳什麼時候這麼有涵養了，連那種讓人看了就想「度估」的法國片，他也懂得欣賞？

「給我死死的盯住那些老外，我馬上過去。」

「妳不是要看書？」

「路西法都快被那個女人賣了，我怎麼可能還有心情看書？傳地址給我，立刻、馬上。」

迅速的吸完最後一根麵條，郝寶貝披上薄外套後，背著包包就衝往公車站。

經過幾個晚上的緊迫盯人，路西法終於離開住所，開著跑車，接那個女的到飯店。

雖然，趙明佳一直小心翼翼的跟著，但其實眼尖的路西法早就發現他了。所以，在送走那一票法國人後，路西法果斷的走向躲在花圃裡的趙明佳。

「沒想到，你居然也是這種偷窺人隱私、喜歡八卦、愛扒糞的狗仔。」短短幾十個字，路西法就把趙明佳最引以為傲的尊嚴，直接踩在地上踐踏。

「總比那種道貌岸然，卻表裡不一的人好。」可紅著臉的趙明佳也不甘示弱，依然氣勢不減的嗆回去。

「哼！就你這種三腳貓功夫，我也應付得膩了，倒不如我們直接把話說清楚。」

「說什麼？說你在校外交際？還是兼差？」

「你明知道我做的是正當職業。」路西法指著趙明佳的鼻子罵道，「校長早已經把我的事都告訴你哥哥趙明師，你不可能不知道，可偏偏還要跟著那個八婆瞎起鬨，我才想問：你腦袋有問題嗎？」

「你的腦袋才有問題。」一聽到路西法罵郝寶貝八婆，趙明佳就怒了，「一個堂堂香港集團的小老闆，居然得跟學校的小女生搞曖昧、拉關係，這叫正當職業？」

「好的人際關係是事業成功的要訣，像你這種還停留在只會泡妞，浪費生命的大學生，哪懂得人脈的重要性。」

呿！路西法不過才大他兩歲，就對趙明佳講起了成功人士的大道理。

「我是不懂。不過，如果要靠著女人拉客戶、談生意才能成功，那這樣的老闆也當得太窩囊了。」趙明佳嗤之以鼻。

「你！」

「我怎樣？」

路西法怒瞪著趙明佳，可趙明佳的眼睛也不比路西法小，兩個人雖沒有動手，但氣勢上誰也不讓誰。

就在雙方僵持不下的時候，一路連奔帶跑的郝寶貝，終於來到飯店門口。

幸好，這個時間下班的人潮和車潮都散了，否則肯定塞到爆。

「呼……呼呼，怎……怎麼樣？路西法他……還在裡面嗎？」兩手撐在膝蓋上的郝寶貝，垂著頭，彎著身體，上氣不接下氣的問道。

「不在了。」趙明佳沒好氣的回道。

「什麼！我不是叫你死死的盯住他嗎？」像是剛衝完百米才發現跑錯終點的郝寶貝，對著趙明佳瞪大眼睛。

「他……他在這裡。」說完話的趙明蝦一個側身，郝寶貝才看到，原來，路西法早已經站在他的身後了。

瞬時像被電到的郝寶貝立刻僵直了身體，見路西法今晚穿著一件絲質淺藍襯衫，搭配一整套寶藍色的西裝，褐色的短髮微微散在寬廣的額前，令他原本就偏白的膚色顯得格外醒目。

雖然嘴角的口水就快要流出來，但見到路西法那一副「又被我抓到」的神情，心虛的郝寶貝立刻就縮成了烏龜。

「呃……那個，我……」這時的郝寶貝才想到出門前沒有照鏡子，不禁連忙伸手撥了撥自己那頭雞窩似的頭髮。

「看來你們還真是不見棺材不掉淚，真的非要我提告才肯罷休嗎？」神情嚴肅的路西法雙手抱胸，一臉不想放過他們的樣子，讓原本膽子就小的郝寶貝，不禁低頭退了兩步。

「不關她的事，是我自己要來跟蹤你的。」趙明佳怕嚇到郝寶貝，連忙挺身擋住。

「哼！你們倆整天在校園裡閒晃，擺明就是一丘之貉，真的當我眼睛業障重嗎？」似笑非笑的路西法一臉鄙夷，卻因為笑，使得整個氣質更加邪魅，又看得郝寶貝目不轉睛。

「一個是八卦社記者，一個是八卦社社長的弟弟，兩人整天放著念書的正經事不幹，專挖同學們的是非……」

「無風不起浪，事出必有因。我們只是本著追根究底的精神，了解事情發生的來龍去脈，若是人人都行得正、坐得直，又哪會有什麼是非？」比起路西法滿口的諷刺，趙明佳的這一句話，更是回得義正詞嚴，讓郝寶貝那顆抖顫不已的心，一下子都暖了起來。

「做什麼是我的個人自由，你們無權干涉。」

「若是影響到學校的聲譽，那就不是你個人說得算。」

「我的事連校長都不介意……」

「既然校長都知道的事，你就乾脆說個明白啊！又何必遮遮掩掩、故弄玄虛？」

「你！」

郝寶貝從不曉得趙明佳的口才這麼好，每次跟趙明佳對話，都只有她說得算，趙明佳從來都是摸著鼻子裝烏龜的份。可今天是怎麼了，他居然讓要風得風，要雨得雨的路西法，氣得回不出話來了？

雖然，趙明佳早就知道路西法並非從事不良行為，但路西法自己不說明白，趙明佳樂得在郝寶貝面前跟他打迷糊仗。

「阿華，你直接和他們說清楚就好，何必讓他們一次次的花時間在我們身上？」莫名的女聲，將三個氣的氣，樂的樂，還有完全狀況外的年輕人，一起看向她。

原來，是路西法身邊的那個女人。

「姨，妳知道他們以為我們在做什麼嗎？根本就是無中生有，欺人太甚。」一見到熟人，路西法居然像個屁孩一樣告起狀。

蛤！路西法叫那個女妖精——姨？

「所以，解釋清楚不就得了。」被路西法稱作姨的那個女人，一派從容的走到趙明佳和郝寶貝面前，雖然人還是那麼美，可已經沒有他們之前看的，依偎在路西法身邊的那種嬌羞樣。

「我是阿華的小阿姨，長年都住在國外，因為阿華的父母親車禍去世，才特別回香港接手他們留下來的公司。」

郝寶貝偷偷瞄了眼趙明佳，見他一臉認真的聽那個女妖精，呃……是小阿姨講話，連帶的也不敢多插嘴。

「我在香港努力了一年多，好不容易讓公司有了點起色，只是阿華在臺北念書不方便回香港，所以，我只好邀請客戶到臺北來開會，順便招待他們觀光旅遊。這也是為了讓阿華以後能順利接手公司的事，沒想到，卻讓你們誤會了。」

天哪！原來路西法是香港公司未來的老闆，這突來的消息把郝寶貝驚呆了，而她，居然把路西法謠傳成鴨，名聲都敗壞了，該怎麼彌補？

嗚……她好想哭。

「這樣啊！看來是個青年勵志的好題材，學校最喜歡刊登了。」即便嘴上這麼說，趙明佳還是不安的握緊了十指。

這時的路西法怒瞪了趙明佳一眼，不齒他人前人後的雙面性格，可完全沒理會路西法的趙明佳伸手，將還在悔恨、巴不得一頭撞死的郝寶貝給拉到小阿姨面前。

「幸好小阿姨明理，願意說出事實的真相。其實，郝寶貝就是不相信別人說的謠言，才會花這麼久的時間和精力，來證明陸西華的清白，妳說對不對？」

趙明佳用手肘推了推郝寶貝，滿懷愧疚的她才趕緊點頭稱是，只是，很不以為然的路西法轉過頭去，連看都不看她一眼，害得郝寶貝又是一陣膽戰心驚。

「郝……郝寶貝？」

「對！郝伯伯的郝，漂亮寶貝的寶貝，很好記對不對？」一旁的趙明佳用力點頭。

「哦，我記得妳，喜歡我們阿華的那個學妹，對吧！」

小阿姨居然連這件事都知道？不會是路西法自己說的吧？

臉上突然感到一陣火熱的郝寶貝低下頭，害羞的繞著自己的兩根手指打轉。

「我們阿華到現在都沒個女朋友，妳長得這麼可愛，他一定……」

「姨，話都說清楚了，我們現在可以走人了。」

喂！他一定怎麼樣？小阿姨的話還沒說完啊！

見路西法急著走人，郝寶貝連忙抬頭，可惜，兩個人已經往停車場的方向走去了。

「這就是所謂的相見恨晚嗎？原來，路西法的小阿姨是這麼明理，又和藹可親的一個人，我實在不應該在沒有了解兩個人的關係前，就先對她存有偏見。」懊悔不已的郝寶貝都快哭了。

「幸好小阿姨對妳印象不錯，以後再解釋清楚就好了。」過了好一會兒，趙明佳才開口說道。

「那……那當然，想我小的時候，隔壁的那些叔叔、伯伯、阿姨，誰不是搶著要我當他們家的兒媳婦。」

路西法不是鴨，他沒有做違背道德倫理的事，他又重新成為郝寶貝心目中，那個偉大的神。不僅如此，路西法的小阿姨還稱讚她長得可愛，那麼，她和路西法是不是更有機會在一起了呢？

「這下子高興了？」

「高興。」揚起唇角的郝寶貝，反射性的回答，根本沒考慮到這句話，對趙明佳的殺傷力有多大。雙腳一跳一跳的她，巴不得在大街上，踮起腳尖跳舞。

「可別忘了答應陪我吃飯。」既然，事已至此……

「放心啦！飯是一定會陪你吃的，但只限中午哦！因為，晚上要留給路西法。」對著趙明佳眨眨眼的郝寶貝樂道。

同時回以郝寶貝一笑的趙明佳，默默的看著她那歡樂的背影，禁不住一股酸液湧上喉嚨。

「沒關係！只要她高興，我就高興，真的。」只能在心底說服自己的趙明佳，喃唸著。

隔天一早，整晚都在寫新聞稿的郝寶貝，慘白著一張臉，用跑百米的速度衝進八卦社裡，把路西法到飯店接客，呃……不是，是陪客戶吃飯的調查報告，拿給社長趙明師。只見趙明師推了推他鼻梁上的無框眼鏡，一副「朕知道了」的表情，悶聲不吭的，將郝寶貝費盡苦心寫好的新聞稿給晾在一邊。

「社長，這可是我好不容易發現的驚天大祕密，難道你沒興趣？」路西法的鴨子事件，在學校裡鬧出這麼大的一場風波，結果卻是一百八十度大逆轉，以社長的個性，不可能對這種爆炸性新聞無動於衷啊！

「這件事昨晚明佳都已經告訴過我了，我會看著辦。」

「會看著辦」是什麼意思？是不打算澄清，讓路西法繼續討厭她，誤會她嗎？

「是不是明蝦跟你說了什麼？」郝寶貝問道。

他們是親兄弟，又住在一起，會相互討論學校的事也很正常。只是，趙明佳對路西法向來沒有好感，會不會是他跟社長說了路西法什麼壞話，才讓社長的態度臨時起了變化？

「明佳跟我說什麼不重要，重要的是，妳應該知道路西法是香港人，他並不打算在臺灣長住，而且遲早會回香港去的。」

社長為什麼突然提起路西法回香港的事？他是不是探聽到什麼了？

「可……可是，現在搬到臺灣的香港人也很多，他們反而覺得臺灣的生活環境比較好，或許，或許路西法也會這麼想。」是郝寶貝希望路西法這麼想，強烈希望。

「路西法的爸爸在香港給他留了間公司，他肯定要回去繼承家業的。」

感覺到趙明師似乎想說服她什麼，這種揣測和不安，讓郝寶貝的手心直冒汗，胸口凸凸直跳，「可……可是路西法的小阿姨也說，她可以把客戶都約到臺北來談，路西法不一定得回香港。」

「那是因為路西法現在正在求學，等他完成學業以後……」

「那就等以後再說。」不想也不願意再聽下去的郝寶貝，打斷趙明師的話，「我只是替路西法寫個澄清報導，這是我自己口無遮攔闖的禍，本就應該由我自己來收拾，社長如果不願意幫我這個忙，就當我沒來過好了。」

話雖然說得理直氣壯，但如果趙明師不登這篇報導，難道要郝寶貝拿著大聲公，在學校裡解釋路西法不是鴨的事嗎？

在社長桌邊猶豫不決的郝寶貝，雙腳像釘了釘子一樣動不了，可趙明師似乎真的不打算理她。生氣又懊惱的郝寶貝當下伸手，正想拿走桌上的新聞稿時，趙明師終於按住了稿件。

「新聞稿我會登，但我希望妳明白，路西法不是個普通身分的學生，妳……妳還是不要對他存有太多幻想才好。」

「……」

這是，什麼意思！

瞪著趙明師呆愣了好幾秒的郝寶貝，好不容易才意識到他想表達的意思，可這時，她的腦袋已經「轟」的著起了大火。瞬間，被窺探的屈辱，被嫌棄的厭惡，還有被朋友背叛的憤怒，都化作熊熊烈火衝上她的頭頂。

「有幻想又怎樣？全校對路西法有幻想的人，又不止我一個。」愛面子的郝寶貝，勉強穩住即將爆發的情緒，畢竟趙明師是社長，在澄清路西法的新聞稿未發之前，她還不能得罪。

「郝寶貝，我認識妳也不是一天兩天了，雖然妳小的時候很可愛，我媽甚至常開玩笑，等妳長大了嫁到我們家當兒媳婦，可惜女大十八變，現在的妳，和以前已經判若兩人了。」

什麼可惜？什麼判若兩人？

正值雙十年華的郝寶貝，現在還是嫩得像株出水芙蓉呢，趙明師想要打擊她的自信心，讓她放棄路西法，沒那麼容易。

趙明師見郝寶貝沒反應，又繼續滔滔不絕的講著，「像路西法那種世家豪門子弟，經營的又是跨國大企業，見過的名媛、淑女肯定多不勝數，就像妳的那些學姐，即使是富家千金也入不了他的眼，更何況是妳這副德性，又何必去自取其辱呢？」

「什麼叫我這——副——德——性——？」被戳中心臟的郝寶貝吼道：「我這副德性怎麼了？外婆說我臉圓長得福氣，屁股大生個十個、八個小孩都沒問題，胸部大不怕孩子餵不飽，現在進口奶粉多貴啊！搞不好，多的還可以上網拍賣。」

「再說，就我這腰身，就算下田種菜也夠力。」自信滿滿的郝寶貝，將自己的缺點無限放大成優點。

「妳覺得路西法會生很多小孩嗎？身為集團總裁的他，會介意進口奶粉有多貴？更不用說他家裡還不需要種田，所以，妳的優點對他而言，無疑都是死穴。」趙明師再次說出事實。

「社長，你有必要把話說得這麼清楚、明白，這麼殘忍嗎？」紅了眼眶的郝寶貝怎麼也不敢相信，她從小到大所認識的趙明師，居然會在這種關鍵時刻拿刀子捅她。

「好歹你也是看著我長大的，我老爸還差點就答應了你媽的婚事，如果不是我抵死不從，恐怕早就被你們兄弟兩個挑去配。」抹掉淚的郝寶貝吸了吸鼻涕，「現在，你把我說得這麼不堪，難道，就不怕我因為羞憤而去跳樓嗎？」

「所以說……」

可沒等趙明師說完，就要哭出聲的郝寶貝再也忍不下去了，轉身奪門而出。

「等一下，寶貝，郝寶貝……我的意思是，就算妳是這副德性，我們家明佳還是一樣喜歡妳啊！」趙明師在郝寶貝的身後喊著，但是，傷心欲絕的她，已經一句也聽不進去了。

抱著一顆幾乎破碎的心，郝寶貝一個人，孤單又寂寞的走回家裡。

「嗨！小寶貝，妳今天怎麼這麼早回來，課上完了？」綁著馬尾，還不忘夾上一隻紫色鱷魚夾的郝媽媽，正拿著超大手提袋，不知道又要趕往哪個賣場搶購商品。

還記得小時候，每學期的親師座談會，同學們的媽媽都是精心打扮，穿著光鮮亮麗的樣子來到教室，讓人一眼就聯想到這是誰的媽媽。只有郝媽媽是馬尾、鱷魚夾，脂粉不施的坐在郝寶貝的位子上，成為眾多花媽中，最不醒目卻又特別的那一個。

上了國中後，郝寶貝就不准郝媽媽再去參加親師座談會了。反正，坐在教室裡的她，也只會翻看賣場送的ＤＭ，根本不會把老師交代的事情給聽進耳朵裡去。

高中三年，為了拚上理想中的大學，郝寶貝幾乎是日夜苦讀。有人說吃甜食可以紓解壓力，郝媽媽就買了很多巧克力去宿舍，讓她一邊讀書一邊吃，就連暑假回家，郝媽媽也會買許多碳酸飲料給她喝。

高熱量的飲食讓人不覺得餓，郝媽媽樂得不用起床給女兒煮宵夜。郝寶貝就是從那個時候起，養成了一有壓力便嗜吃甜食的習慣，也使得原本纖細又苗條的身材，變得毫無曲線可言。

每當郝寶貝被同學們取笑，回家跟爸媽訴苦時，他們總是安慰她說：「寶貝，外表不是最重要的，有內涵的女人才最吸引人。」

是嗎？可為什麼每個男人都看不到她的內涵，而郝寶貝，一眼就被路西法的外表給吸引了呢？

「寶貝？小寶貝，妳怎麼了？是不是身體不舒服？」郝媽媽見女兒沒理她，就伸手摸摸郝寶貝的頭，「咦？沒生病啊！」

是啊！心裡的病怎麼可能用手摸得出來，就算小心肝已經千瘡百孔，外表看起來還是壯得像頭牛。

「媽，我沒事。」郝寶貝無力的回了一聲，側身進屋。

「那媽媽去全X買東西，晚一點再回來煮飯，妳乖乖在家，別亂跑哦！」

「妳乖乖在家，別亂跑。」這句話是郝寶貝七歲那年，媽媽第一次丟下她一個人，獨自在家時交代的話。

那時的郝寶貝的確很乖，沒有亂跑，因為害怕外面有大野狼，爸爸說：大野狼最喜歡吃小紅帽，所以，她連紅色和粉紅色的衣服也從不敢穿。

「砰！」的關門聲自身後響起，郝媽媽果然還是迫不及待的出門購物，不管她這個女兒是真沒事，還是假沒事。

有時候郝寶貝真的很懷疑，她到底是爸媽親生的，還是路邊撿來的孩子？

也許，後者的可能性高一點。

「啊！頭好痛。」

頭痛的問題是郝寶貝上了高中才有的，每次到了月考、段考、模擬考前夕，她總是痛到非得吃顆止痛藥才能上學。只是，自從念了大學後，她頭痛的毛病就再也沒發作過了，為什麼現在又開始痛了？

「馬的！真的好痛！」全身肌肉像是痙攣似的緊縮起來，郝寶貝蜷著身體窩在沙發裡，用雙手抱住頭，抓著頭髮，恨不得把每一根頭髮都扯下來，好減輕頭疼欲裂的痛苦。

止痛藥，郝寶貝需要止痛藥，可是，現在的她……完全爬不起來。

「嗚……媽，媽——」明知道媽媽不在，可是郝寶貝依然求救似的大喊。

她會死，會痛到頭炸掉吧！

如果，路西法知道郝寶貝因為他而頭痛到死掉，會不會記住她一輩子？

會吧！

會嗎？

雙眼緊閉的郝寶貝，直覺世界變成一片黑暗。

聽說天使來接引死者時都會出現一道白光，她都快死了，難道連上帝也不願意讓她上天堂嗎？不對！路西法是地獄魔王，郝寶貝應該要下地獄找他才對。

可是，要死就快一點，頭真的很痛啊！痛到她已經沒辦法呼吸了。

「呼，呼……」

「喂！妳怎麼了？」突然間，一雙有力的手將郝寶貝從沙發裡拉了起來。

全身緊繃的郝寶貝睜開眼睛一下，是趙明佳。

「止……止痛藥，快。」顫抖著手，郝寶貝指向客廳右側的櫃子。

皺了皺眉頭的趙明佳俐落的一個躍身，越過沙發，打開櫃子，迅速的將藥拆好，遞給郝寶貝。

「好痛，嗚……」郝寶貝一邊哭，一邊將藥放進嘴巴裡，而這時的趙明佳也已經倒好開水遞給她。

「剛吃藥，先坐一下再躺。」吃完藥的郝寶貝渾身發軟，可趙明佳止住了她躺下來的動作，還拿了兩個靠枕，墊在她背後。

「幸好你來，不然，我真的要痛死了。」故作堅強的郝寶貝用手抹抹臉，可眼淚還是不爭氣的掉下來。

「老哥說妳可能不開心，要我來看看。」

原來是趙明師通知他的，可既然趙明師知道說那些話會傷郝寶貝的心，幹嘛還要刺激她？

「我的確不開心，因為……你哥說的，都是實話。」一陣酸溢湧上心頭，不甘心卻又不得不承認的郝寶貝，開始掩面大哭。

「像我這種要長相沒長相，要身材沒身材的女生，路西法連正眼都不會看我一眼，我憑什麼還妄想要和他在一起？我沒有自知之明，所以活該被人討厭，被人唾棄，被人看不起。」越講越傷心的郝寶貝，憤而將靠枕丟向趙明佳，「你來幹什麼？是你哥叫你來看我笑話的嗎？既然想笑就大聲笑啊？為什麼你不笑？」

哭得淚眼模糊的郝寶貝，只見趙明佳默默的坐在沙發旁，就連她把靠枕丟過去，也不躲不閃的，讓郝寶貝更來氣，「你是不是也覺得我配不上路西法？等到我二十五歲還沒有人要，你就可以撿現成的，是嗎？你又不是資源回收筒，為什麼要撿別人不要的。」

「我沒有那個意思。」趙明佳伸手想安慰郝寶貝，可卻被她一把推開。

「那你什麼意思？」

嘆了口氣的趙明佳轉而拿起桌上的面紙盒，遞給郝寶貝，「其……其實，有件事情我一直沒有告訴妳。」

把一臉的眼淚、鼻涕都擦乾淨後，郝寶貝好奇的瞪向他。

「那天，我在飯店外和路西法小聊了一下，他……他其實很喜歡妳，只是……只是不好意思說出來。」

什麼！路西法喜歡她？

「真的假的？」

「真的。」心酸的趙明蝦，抬頭看向兩眼放光的郝寶貝，「因為鴨子事件鬧太大了，他怕影響到妳的名聲，所以……嗯，所以才沒敢告訴妳。」

「我一點都不在乎啊！」心臟狂跳的郝寶貝，差點沒從沙發上跳起來，「就算他真的做鴨，我也完全不會介意。」

「哦，那就好。」

「耶！路西法喜歡我，路西法喜歡我。」剛剛還頭痛到快爆炸的郝寶貝，轉眼已經煙消雲散，可見藥效真的很好。

「可是，妳暫時還不能去找路西法。」

「為什麼？」原本手舞足蹈的郝寶貝，一聽趙明佳這麼說，不禁停下了動作。

「呃……那個，路西法說他的鐵粉太多，妳如果明目張膽的和他在一起，肯定會成為眾人攻擊的對象，所以，還是低調一點的好。」

「那有什麼問題，只要路西法說的話，我都願意配合。」

沒錯！哪一個少女不是為了愛而存在的，因為沒有愛，人生就沒有任何意義可言。

至少對郝寶貝而言，愛就是一切。

可是，同樣因為愛，卻要一直自我犧牲的趙明佳呢？

第六章　條件交換

為了讓路西法早日見到自己美麗妖嬌的真正面貌，郝寶貝開始魔鬼般的減肥計畫。

每天騎車或快走一個小時，打球一個小時，不僅如此，原本食量就不小的郝寶貝，還努力克制只吃早、午兩餐，每餐堅持只吃半碗量的飯菜，並且拒絕所有的甜食、飲料和宵夜。

訂下苛刻的條件很簡單，但要澈底執行才是最困難的，所以，郝寶貝找來趙明佳陪她一起運動，並要趙明佳嚴格控制她的飲食。

尤其是郝寶貝在美食面前，常常受不了誘惑的時候，趙明佳就會拿出手機，秀出路西法男神的相片，逼著她乾吞口水。就這樣，郝寶貝以最短的時間、最快的速度，讓自己的體重恢復到高中前的水準。

現在的郝寶貝，天天都盼著趕緊去學校，只要一想到能和路西法在學校的餐廳裡共進午餐，郝寶貝就會幸福得心花朵朵開。即便她和路西法之間，總是隔著好幾張餐桌的距離，但郝寶貝的目光依然緊緊的跟隨著他，以免漏掉路西法能看到她的每一個片刻。

很快這學期就要過去，郝寶貝聽說路西法要回香港過年，有點擔心他這一去，就會忘了回臺灣。

「不會啦！小阿姨不也說了，要等路西法在臺北完成學業再回去的啊！」趙明佳安慰她。

雖然，每天往返學校上課和運動，都消耗掉郝寶貝不少的體能，加上吃得少，體力耗費更快，可一旦身體閒下來，她的腦袋便又開始胡思亂想。因為這種只能遙望，卻連一句話都說不上口的戀情，實在是虛無縹緲的令人存疑。

即使如此，郝寶貝仍寧願相信它是真的。

「我也這麼希望，但就怕他一回到香港太忙，或是，有別的更漂亮的女生……」

「香港要比妳漂亮的女生，恐怕只剩下港姐了，但她們應該都很忙，沒空理路西法這個小毛頭。」

「哈哈，討厭，我現在只是普通漂亮，離港姐還很遠好不好。」明知道趙明佳的稱讚很誇張，但郝寶貝還是被哄得樂滋滋。

一邊掩嘴竊笑的郝寶貝，一邊拉著趙明佳的袖子，像小時候被他哄得開心那樣。趙明佳也很高興郝寶貝終於又回到以前，雖然，他的心一直都在淌血。

「可是，我還是希望有機會和路西法道別，畢竟過年嘛！而且，我至少應該和小阿姨拜個年。」收起笑，郝寶貝開始認真的思考拜年這件事。

路西法的爸媽都不在了，他唯一的親人就剩下這個小阿姨，郝寶貝既然想跟路西法在一起，那理當也要拉近和小阿姨的距離。

「那個……要不然，我跟路西法說一下吧！」雖然路西法喜歡郝寶貝的事，是趙明佳自己瞎編出來的，但為了圓謊，他只好主動幫忙。

「臭明蝦，還是你對我最好了。」對趙明佳比出一個「讚」手勢的郝寶貝，樂得開心。

低下頭的趙明佳，淡淡的裂嘴一笑，腦袋裡卻已經開始搜羅，要用什麼辦法讓路西法心甘情願的跟郝寶貝見上一面。

已經是大四生的路西法課程很少，為了回香港繼承家業，他還得利用課餘的時間看公司的各類報表，與小阿姨逐一討論每一項業務，所以，能在學校露臉的機會並不多。

由於八卦社澄清了路西法做鴨的謠言，他身邊又開始聚集眾多的仰慕者，趙明佳好不容易逮到路西法落單的機會，直接上前堵人。

誰叫路西法對他發的賴都已讀不回。

「怎麼，八卦社沒有新題材，又想來打我的主意？」路西法一見趙明佳就沒好話。

礙於有求於人，趙明佳沒對路西法譏諷的言語多加反駁，反而一笑置之，「是想打你的主意，不然幹嘛狂發你賴。」

比起兩人第一次見面的針鋒相對，此時坦白從寬的趙明佳，卻讓防備心極強的路西法有些不適應，「就算你有本事要到我的賴，可我沒同意加你，就表明了不接受你的邀請，難道，你連這點最基本的網路社交禮儀都不懂嗎？」

「誰叫我沒有一個漂亮，交際手腕又高明的小阿姨呢？」趙明佳調侃道，「我只記得有人說：好的人際關係是事業成功的要訣。既然人脈這麼重要，那麼多一個朋友，總比多一個敵人好吧？」

「我才不稀罕多一個愛扒糞的朋友。」懶得和趙明佳廢話的路西法，轉身要走。

「小心眼、愛記仇，可不是一個領導者應有的風度。」趙明佳在路西法的身後說道：「你不配合也沒關係，大不了我直接向小阿姨傳訊息，她應該會很樂意回我。」

「你！」怒斥他的路西法回身，「你到底想幹什麼？」

「不想幹什麼，我只是想讓你在離開臺灣之前，跟郝寶貝道個別，讓她開心的過個好年。」

「又是那個八婆。」路西法恥笑道。

「喂！講話客氣點，什麼八婆。」一直忍氣吞聲的趙明佳，一聽到這種羞辱性的字眼，瞬間就炸毛了。

「哼！你自己為了她走火入魔，憑什麼我要配合你？」

「就憑你這學期的幾個科目過不了關。」一臉得意的趙明佳揚揚眉，「但我可以幫你。」

見趙明佳說起自己的課業，原本還趾高氣昂的路西法，瞬間氣勢就弱掉一大半。

雖然，主修中文的路西法成績非常好，可自從接下公司這個重擔後，各種與財務、貿易與管理相關的科目，成了他必須加強學習的重點。可惜，對數字理解能力超級差的路西法，怎麼都讀不好這些學科，學習成績更是因此一落千丈。

但沒想到，趙明佳居然說要教他！

「哼！你一個大二生，也好意思在我面前說大話，你有修過這些學科嗎？你知道裡面都教些什麼嗎？」路西法就不信了，一個整天跟八婆混在一起的痞子男，水平能有多高。

「你這次期中考有三科不及格，財務管理、國際貿易和管理學，這三科我哥都修過，剛好我也都會，所以可以教你。」

剛好？光是這三科，就不曉得燒死路西法多少個腦細胞都沒能學好，而連課都沒上過的趙明佳，居然說他——剛好都會！

「怎麼證明？」路西法倒要看看，趙明佳這牛皮能吹多大。

「從今天開始每次三個小時，你挑一科最差的先補，我保證期末讓你三科都歐趴。」

滿臉訝異的路西法很想說些什麼不屑的話來，可是一看到自信滿滿的趙明佳，又覺得他不像是吹牛，「如果沒過呢？」

「只要你肯配合，一定會過。」再優秀的老師，也要學生夠認真，但趙明佳相信為了公司，路西法一定會努力學習，「但你要答應我，等成績一出來，就必須和寶貝約會。」

「哇！」原本還認真思考的路西法，終於不齒的冷哼，「好啊！既然你這麼有自信，那我也不妨給你一個機會，但要是沒過，你就不准再來騷擾我和姨。」

「君子一言。」

「駟馬難追。」

其實要到路西法的賴不難，趙明師那邊什麼資料都有，但若是路西法不肯和郝寶貝約會，甚至連訊息都不願意回，那趙明佳就無法圓自己的謊。所以，為了讓路西法心甘情願的配合他，趙明佳甚至把路西法的祖宗十八代都給查了個遍，還是無從下手。

可就在趙明佳瞪著電腦螢幕發呆的時候，正在看英國小報的趙明師好心提醒，「威脅、恐嚇這一套，對自尊心強的路西法沒有用，大部分英國人都很傲嬌，而且思想保守，想讓他聽你的，除非你比他強。」

「要我比他強？」給自己哥哥翻了個白眼的趙明佳，沒好氣的回道：「要錢沒錢，要顏值沒顏值，你也太高估自己的弟弟了。」

「是啊！說到錢跟顏值，你的確比不上路西法。」趙明師轉頭看向弟弟，「可是你知道嗎？路西法這次期中考，居然有三科不及格。」

「怎麼可能？他的成績不是向來都很好嗎？」

路西法不但是個高富帥，還是個腦袋聰明的男人，否則，怎麼會用那種若即若離的手段，把全校的女學生都給迷得神魂顛倒。

「是啊！他本科的成績向來都很好，可是，這學期他多修了別系的科目，成績卻慘不忍睹。」勾起脣角的趙明師，一臉壞笑。

原來，所謂的男神也是有缺陷的。

「財務管理、國際貿易和管理學，剛好，這三科我都修過。」

「蛤？這三科不難吧！我記得，你那作業都是我幫你寫的耶。」跌破眼鏡的趙明佳揚聲。

「對啊！但對一個數理、邏輯能力差的人而言，這三科足以考倒他了。」嘿笑兩聲的趙明師，繼續翻他的小報，「再加上他沒有基礎，念起來就更困難了。」

「那你的意思是……」

「作業你都能拿高分了，好好複習一下，應該可以去挫挫那位男神的銳氣。」

經過哥哥的提醒，趙明佳果然認真的複習起那三個科目。

當然，這都是因為趙明佳的學習能力強，平時有事沒事就拿哥哥的書來打發時間，尤其是跟數字有關的課程，趙明佳更有興趣。所以在惡補一個月之後，趙明佳就拿這三個科目，和路西法條件交換。

幸好，路西法答應了，否則，趙明佳還真不曉得要怎麼向郝寶貝交代。

為了避免讓郝寶貝撞見他們倆的私下交易，趙明佳要求補習的地點不能在公共場所，而路西法也不希望讓同學看到他和一個痞子男在一起，只好讓趙明佳到自己的租屋處。

雖然為了跟蹤路西法，趙明佳對他住的地方還算熟悉，卻是第一次進到這棟高級大樓。只見門口警衛森嚴，大廳和電梯也都裝有監視器，想來也只有路西法這種富二代，才會選擇住在這種沒有隱私，處處被監視的高級監獄。

路西法帶著趙明佳上到十六樓，拿出磁扣在機器上感應並輸入密碼後，打開大門，屋裡的電燈便全都一起打開了。

就算趙明佳的爸媽都是醫生，也沒把錢花在這種奢侈上，第一次見識到智慧住宅的趙明佳，總算開了眼界。

「今天的時間趕，我只有兩個小時可以給你，如果上得滿意，我們再約明天以後的時間。」路西法從背包裡拿出厚厚的一本財務管理，攤在偌大的書桌上。

意思是，如果不滿意，那明天就不用來了。

不以為意的趙明佳，一屁股坐在那張黑色的人體工學椅，還興奮的轉了好幾個圈，看得路西法眼睛都快冒火，「喂！到底上不上？」

「上，不然怎麼證明我比你厲害呢？」一派悠然的趙明佳翻開課本，全都是密密麻麻的英文字。

怪了，路西法的老爸還是個英國人，怎麼這麼簡單的英文他會看不懂？

「嗯哼，第一章，認識財務管理……」自動譯成中文的趙明佳，開始唸道。

「這種敘述性的文字我看得懂，用不著你來翻譯。」

「OK！那你說，哪裡不懂？」

雖然，站在趙明佳身後的路西法，很想朝這個痞子男的後腦杓打下去，但如果他可以教會自己的話……

忍住氣的路西法，翻到第一百二十五頁，「這個。」

「貨幣與利率交換？」難以置信的趙明佳，抬頭瞄了路西法一眼，「這很難嗎？」

咬咬牙的路西法握緊拳頭，直覺全身的火氣都衝上腦門，「是不難，用來考你的。」

「OK！OK！美國母公司在美國融資，利率十趴，巴拉巴拉……然後轉換成加幣給美國的子公司，巴拉巴拉……這樣融資的成本等於……」

拿起書桌上那枝閃亮亮的金筆，趙明佳就在課本直接寫起算式，「所以，美國子公司可以節省三到五趴的融資成本……」

「嗯，答案。」還沒等路西法反應過來，趙明佳就已經將算式都寫好了。

「你！」

怎麼可能？他不過就是個大二生，而且修的也不是這個系，為什麼……

「還有哪裡不懂？」趙明佳再問。

不信邪的路西法，快速的翻到第兩百頁。

「嗯，投資四千元於十年期的信託基金，單利年利率六趴，巴拉巴拉……」

眼睛瞪著超大的路西法，緊盯著趙明佳手上的筆，彷彿那支筆，會變出什麼魔術來。

「所以，本利和應該為六千四百元整。」寫完算式的趙明佳，一臉輕鬆的把玩起那支金筆，心想名牌貨果然就是不一樣，連書寫起來都格外的順暢，難怪有錢人連簽名都特別漂亮。

「怎麼樣？還有哪一題不會算的？」越寫越流利的趙明佳來了興致，巴不得繼續寫下去，可許久都沒有聽到吭聲的他抬頭，只見路西法一臉錯愕的看著他，就像見到鬼一樣。

「怎麼？還是不懂？」答案絕對不會錯，趙明佳這點自信還是有的。

「對，不懂。」慘白著一張臉的路西法紅著眼睛，像隻楚楚可憐的小白兔，又更像抓到一根稻草的落水者。

抖顫的他伸手抓住趙明佳的袖子，只差沒給趙明佳跪下，「你……你再從頭講一次，我……我這次會認真聽，很認真的聽……」

雖然，趙明佳見慣了學校裡那個意氣風發的路西法，也很難想像有一天，這個高傲的男神會有求於他，可一見到這個雙眼朦上一層霧氣的美男子，講得眼淚都快掉下來，心裡還是不免升起一股同情心。

「好好好，那接下來第幾頁？」繼續翻書的趙明佳執起筆。

「可以……從第一章開始教起嗎？」

「不是說那種敘述性的文字你看得懂，用不著翻譯嗎？」狐疑的趙明佳正打算罵人，誰知一抬頭，就見路西法用一種可憐兮兮的眼神回看著他。

「咳！今天我先教兩個小時，你能學會多少算多少。」為了保持風度，趙明佳忍下罵幹話的衝動。

「好。」瞬時乖得像頭綿羊的路西法，軟軟的回了這一個字。

可也因為這一個字，讓趙明佳和路西法的關係，從此有了一百八十度的大轉變。

為了趕在期末讓路西法三科都歐趴，趙明佳每天都去幫他補習，可沒想到路西法的數理底子超差，只要一講起公式，他那神級般的腦袋就開始打結。但偏偏所有的財務報表最離不開的就是公式和計算，讓趙明佳這個數理高材生，教到幾乎要抓狂。

「為什麼會聽不懂？不過就是把公司的稅後淨利除以股東權益，然後再乘以總資產周轉率，難道要我把公式翻譯成英文，你才聽得懂嗎？」

「可……可是，為什麼我算出來的數值這麼小……」被罵得一臉緋紅的路西法小聲問道。

「因為股東權益是以千元為單位，大老闆，你答案後面再加三個零不就好了。」

罵到口渴的趙明佳轉身，直接開冰箱想拿水喝，可一打開，才發現裡面除了啤酒，什麼飲料都沒有，「你是酒鬼啊？冰箱裡居然連個礦泉水都沒有。」

「姨怕我酒量不好容易被灌醉，所以，平時我都靠喝啤酒來訓練酒量。」一手杵著頭，嘴巴卻咬著筆桿的路西法回道。

真可憐，連日常生活都要被公事剝奪。

看來，富二代的生活也沒什麼好羨慕的，至少，趙明佳現在已經不用因為父母，而勉強自己做那些不喜歡的事。

「那我下去買個飲料，你想吃點什麼？」快十一點了，等路西法把這題解出來，恐怕已經半夜，心生同情的趙明佳問道。

「不用。」繼續咬著筆桿的路西法頭也沒抬。

看不下去的趙明佳，伸手拿走那枝被路西法咬到快爛掉的筆，沒好氣的笑道：「咬金屬管會飽嗎？我幫你買個大亨堡。」

有些尷尬的路西法愣了下，過了一會兒才回道：「茶葉蛋就好了，熱量比較低。」

「幹嘛！男神不是天生麗質嗎？還怕變成胖大叔啊！」穿好鞋的趙明佳取笑。

無言的路西法嘴角一扯，拿起另一隻筆再寫。

自從趙明佳到家裡補習後，路西法突然覺得，自己不用再一個人孤軍奮鬥了。

雖然，路西法一直認為趙明佳就是個痞子，沒文化、沒水準，但意外的是，他對財務的理解能力，卻令絞盡腦汁都學不會的路西法刮目相看。

怎麼有人可以把一堆數字分析得這麼有條不紊，井然有序，而且，還能把完全一竅不通的路西法教得如此上手。即使是現在正負責公司營運的姨，也沒有辦法把所有的財務報表，向路西法解釋得這樣透澈。

他到底是怎麼辦到的？

趙明佳他，真的很神！

「茶葉蛋加熱牛奶，讓你一夜都好睡。」從購物袋裡拿出東西的趙明佳唸道。

「你……你怎麼知道我睡不好？」接過牛奶的路西法呀然。

「眼眶都黑一圈了，誰看不出來？」瞪了路西法一眼的趙明佳說道：「別說你是被我逼的啊！我可不想成為你那些粉絲的公敵。」

「你連她都瞞著，我又怎麼可能到處去說。」剝掉蛋殼，茶葉蛋誘人的香氣，引得飢腸轆轆的路西法慢慢吃起來。

「你每天都來我這邊待這麼久，那個形影不離的女朋友不會起疑心嗎？」趙明佳警告路西法不准叫郝寶貝八婆，寶貝兩個字又說得他礙口，路西法只好改個稱呼。

「女朋友？哼，女朋友還會整天追著你這個男神跑？」剝掉地瓜皮，趁熱吃的趙明佳大口咬下。

趙明佳平時的活動量就大，打球、跑步，還要陪郝寶貝減肥，所以肚子餓了就吃，絲毫沒有禁忌。可路西法不一樣，深受英國父親的影響，他很重視自己的穿著、打扮，行為舉止，再加上近來的應酬、飲酒不斷，他不得不為了保持身材而控制飲食。

「外表的吸引只是暫時的，等我畢業離開臺灣後，她很快就會忘記了。」見趙明佳不回答，路西法又接著說：「你那麼喜歡她，為什麼不跟她說明白？」

「我們認識十三年了，如果她心裡有我，又怎麼會追著你跑？」

「那是你的想法，以她的腦袋，能猜得出你心裡在想什麼？」

「可說了，也許連朋友都做不成。」吃完烤地瓜的趙明佳，將手上的紙袋用力一捏，「其實，我覺得現在這樣也沒什麼不好。如果，她能找到比我更合適的對象，我也會祝福她的。」

將裝茶葉蛋的塑膠袋細細打了個結，路西法拿著熱牛奶，感受到盒子傳來的溫度，不禁替眼前這個傻瓜覺得不值。

「喂！說好了，離開臺灣之前，你得先跟她約一次會，不能耍賴。」趙明佳提醒。

「你就不怕……不怕我搶走她嗎？」喝了口熱牛奶的路西法正視。

「……」

「先搶走她的人，她的心，再甩掉她。」

「你不是這種人。」變了臉色的趙明佳回道：「寶貝不像那些富家千金，她對你而言沒有任何利用價值，你更不會浪費時間在她身上。」

「可若是我無聊，想找個人陪，她會是很有趣的玩伴。」將牛奶盒子轉了又轉，不想再孤單一個人的路西法，似乎想到了怎麼打發時間。

「哼！就憑你現在？連一個題目都要寫到半夜，還想著怎麼打發時間？」

「你不是保證讓我這學期一定過關嗎？那下學期，我就有空檔了。」見趙明佳的臉色越來越難看，路西法居然有些開心，「所以，你還是慎重考慮讓我跟她約會的事吧！」

「……」

喝完最後一口牛奶，原來趙明佳也不是無所不能的，勾起脣角的路西法，終於找到他的弱點了。

因為趙明佳每天的緊迫盯人，再加上路西法推掉許多交際應酬，不眠不休的補進度，那三科超艱難的財務、貿易和管理學，終也順利過關了。

但路西法的一番話，卻讓趙明佳認真的思考起，是不是真要把郝寶貝推向這個香港少東。

雖然趙明佳自認為，以路西法的個性，不會無聊到找郝寶貝來打發時間，可是郝寶貝不一樣。她對路西法執迷的程度，連言辭犀利的哥哥都說不動，萬一路西法被惹煩了，拿她出氣或惡意尋她開心……

早知道當初就應該和路西法談更多條件，現在趙明佳手上的籌碼都沒了，怎麼辦呢？

「臭明蝦，你是不是故意敷衍我，不是說要跟路西法約，怎麼這麼久都沒消息？」就在傍晚陪著郝寶貝回家時，趙明佳就被修理了。

「有什麼辦法，我……我最近一直找不到他。」

「你說謊，昨天我們明明在餐廳就看見……」

「不是說好了，不能讓妳跟他的事曝光嗎？餐廳裡人那麼多，大家又都知道我跟妳熟，怎麼講？」

「可是……可是都已經期末了，他就要回香港了。」心急如焚的郝寶貝，根本不明白趙明佳的猶豫和掙扎，此時的她真的很擔心路西法回去後，就把她給忘了。

「這樣吧！妳先回去，我再到處找找。」

「好。」

支開郝寶貝後，為了繼續圓謊的趙明佳，只好再找路西法談談。

「怎麼，還是決定要我跟她約會？」考完試一身輕的路西法拉拉毛衣領口，臺北的溼冷天氣，讓他這個香港人到現在還無法適應。

「對，可有個但書。」

「說說看。」

「見面後，你以不能公開戀情的理由，和寶貝約好只能用賴聯繫，她也許會經常找你聊天，但我希望你能鼓勵她把心思花在課業上。」

「哈！你覺得她會想聽我講這種鬼話？」

「就算是鬼話，只要是你講的她都會聽。」趙明佳當然清楚，郝寶貝想和路西法聊的不止是這個，可他得先在路西法這邊築一道防火牆，「你可以說回香港處理公事很忙，這樣也可以避免她一直騷擾你。」

「哼！終於講了句人話。」坐在椅子上，雙手抱胸的路西法恥笑。

「真不曉得你的眼光是出了什麼問題，居然會看上那種八……」被趙明佳怒瞪的路西法停住了口，「嗯哼，那種女人。」

「寶貝的優點，像你這種高高在上的人，是不會了解的。」

「說得好像你很平庸？」不以為然的路西法，睨了他一眼，「一個讀理工的大二學生，把沒上過的商學系科目倒背如流，我真懷疑，以你這樣的資質，怎麼會選擇這所學校就讀的？」

「有什麼好懷疑的？在這裡我混得如魚得水，日子想怎麼過就怎麼過，不像你，口渴了還得拿啤酒當水喝，人生過成這樣，有意思嗎？」

「不是每個人，都可以選擇自己想要的人生。」

趙明佳見被自己奚落的路西法，一臉的感傷，突然也覺得有些不好意思，「對不起！這是你的家事，我不應該……」

「你是不應該。明知道我已經有這麼多的包袱，還硬要把她塞給我。」

「所以，我不是正在幫你解套嗎？」趙明佳澄清，「你就說你忙，沒時間跟她聊，她體恤你的辛苦，一定不會打擾你的。」

「萬一她整天傳一堆長輩圖，早晚外加宵夜都要來跟我說哈囉呢？」

「那個……你，你已讀不回就好了。」郝寶貝的確很會傳些有的沒有的貼圖，趙明佳雖然很高興收到，但事業繁忙的路西法肯定會受不了。

「我的手機是用來談公事的，可不想浪費時間在這無聊的應付上。」

「喂！你過河拆橋啊？」

「要我不拆橋也行。」見趙明佳一臉著急的等他的未竟之語，又恢復成一貫高傲態度的路西法，揚揚眉，「我下學期又修了三科財務，你依舊來幫我補習。」

「不會吧！那三科你都修成那樣了，火坑還敢再跳。」一想到路西法抓頭、咬筆桿的可憐樣，趙明佳都覺得慘不忍睹，「況且，我會的也只有教你的那三科而已啊！」

「這不是問題，下學期的課你跟我一起修，家教費用我出。」

「可是，我的時間都排滿了……」

「我的時間更滿。」站起身的路西法，打算送客。

「好好好，我答應就是了。」雖然是綁架，但趙明佳也只好硬著頭皮上了。

「一言為定。」

「一言為定。」

因為幫路西法補習耗掉太多時間，平時都會陪郝寶貝吃晚飯、閒磕牙的趙明佳，只能推說課業應付不來，沒辦法經常陪她。

雖然，郝家和趙家都住在同一條巷子，但郝寶貝並不知道趙明佳已經和他哥哥搬出去住，更不清楚趙明佳是因為她而鬧出走。只是平時習慣了趙明佳的陪伴，突然少了個人，讓身為獨生女的郝寶貝覺得很無聊。

幸好，和路西法的初次約會，很快便將郝寶貝的所有孤單、寂寞，都給拋諸腦後。

為了給郝寶貝的第一次約會留下美好的回憶，趙明佳還特別挑了家景致美、氣氛佳的餐廳。當然，這樣的場景非陽明山莫屬。

尤其是下過雨的陽明山上，到處都環繞著一層白濛濛的霧氣，在七彩繽紛的燈光穿透下，無不散發著琉璃般的夢幻美景。郝寶貝作夢也想不到，她終於要和心目中的男神路西法，約會了。

滿心期待又忐忑的她，不但早早就來到約好的地點等待，甚至還花了一大筆零用錢，精心打扮了一番。

有別於上一次過於盛裝的打扮，郝寶貝這次是跟班上女同學臨時惡補了淡妝的手法，她還提早近一個小時來到約好的地點，就怕路西法會找不到她。

時間一分一秒的過去，等待的心情是既興奮又緊張，等得口乾舌燥的郝寶貝不斷看著手機，就怕路西法因找不到餐廳位置，而錯過約好的時間。

即使心不甘情不願，路西法還是依約來到趙明佳事先約好的餐廳。遠遠的看著郝寶貝一邊照鏡子，一邊看手機，故意等在餐廳門口不進去的路西法，一臉的事不關己，直到手機傳來趙明佳的催促提醒。

「你到了嗎？寶貝已經在餐廳裡等了。」為了避免路西法中途落跑，趙明佳只能用手機遙控。可已讀不回的路西法露出壞笑，繼續站在門口，享受路過行人對他投以的欣羨目光。

～賴～

～賴～

～賴～

手機連續傳來數個訊息聲響，路西法看看手錶，剛好過了約定時間半個小時，這才不疾不徐的走進餐廳。

原本已經等到用手杵著頭的郝寶貝，一見服務生領著路西法進來，興奮到差點兒跳起來，可為了維持她的淑女形象，只好趕緊理理衣裙，正襟危坐。

路西法今天並沒有刻意打扮，一件水藍色的高領毛衣，外加寶藍色的羊毛外套，就將他的膚色襯得更加完美，宛若天人。可惜，略為鬆散的褐髮垂在前額，遮住了那一對迷人的眼睛，不過，能如此近距離的接近路西法，對郝寶貝而言已經是天賜。

「塞車了吧？冷嗎？想吃什麼？」見坐下來的路西法盯著菜單久久不語，郝寶貝迫不及待的問道。

可這些應該由晚到的人主動發問，不是嗎？就算枯等了一個半小時，可緊張到手心出汗的郝寶貝見路西法不回答，也不好再繼續追問，只好低頭跟著一起看菜單。

趙明佳是根據郝寶貝的口味訂的餐廳，所以，菜色自然是符合她的喜好。可即便菜單上的每道菜看起來都那麼可口，然而，心思都在路西法身上的郝寶貝，根本沒把菜單上的字給看進眼睛裡。

「請問，可以點餐了嗎？」服務生見兩位客人坐了十分鐘還不吭聲，主動上前詢問。

「兩份簡餐。」路西法應了句，便把菜單還給服務生。

「飲料想喝點什麼呢？」

「兩杯熱咖啡。」

「好的。」

直到服務生離開，路西法都沒有正眼瞧過郝寶貝一眼，甚至，連點餐也沒有徵詢她的意見。

「沒關係！只要能和路西法在一起，吃什麼都美味。」一心嚮往甜蜜約會的郝寶貝，刻意忽略掉心裡的一丁點猶疑。

可接下來的氣氛，卻僵得有如掉進了冷凍庫。

因為點的是簡餐，所以服務生很快就上菜了，再加上一頓飯的時間，路西法都一直在看手機、回簡訊，好不容易抓住空檔的郝寶貝，不管問了什麼，他都只有「嗯」的一聲回答。

自從知道路西法是香港企業的小老闆後，郝寶貝也花了不少時間，去了解「總裁」這個職務都在做些什麼。

舉凡公司的政策擬定、產品的銷售方向，還有日常營運的事務等等，都是郝寶貝在戲劇或言情小說裡，才有機會聽到的用詞。當然，要做這麼高檔的管理工作，勢必要有顆聰明絕頂的頭腦，所以對郝寶貝而言，路西法彷彿天生就是合適走總裁這條路線的。

也因此，她抱著體諒路西法工作的辛苦，甚至連頓飯都不能好好吃的心情，將自己的初次約會，默默的奉獻給不斷滑手機的路西法。

直到服務生送來餐後飲料，路西法終於抬頭。

「熱咖啡，不喜歡嗎？」這是今晚路西法第一次主動開口。

「喜……喜歡。」完全言不由衷的郝寶貝拿起咖啡，開心的一口喝下。

可因為咖啡會導致心悸的郝寶貝，瞬間就被黑咖啡的苦，給嗆得猛咳起來，「咳……咳咳咳。」

見郝寶貝咳得眼淚都逼出來，勾起脣角的路西法揚揚眉，伸手招來服務生，「買單。」

原本浪漫的晚餐約會，就在路西法的惡作劇，和郝寶貝的淚眼婆娑下，匆匆的結束了。

步出餐廳的路西法，還不忘問身後那個亦步亦趨的郝寶貝，「開心嗎？」

「開心，當然開心。」郝寶貝點頭如搗蒜。

「我公司還有事，就不送妳了。」

「好。」

話一說完的路西法，優雅的轉身走向他的那輛超跑，獨留下郝寶貝一人在寒風惡夜中，瑟縮的等著班次漸少的公車。

把自己喜歡的人親手推給情敵，是趙明佳最嗤之以鼻的言情劇老梗，可沒想到戲如人生，這樣狗血的戲碼，居然也會發生在他身上。

明知道路西法不可能喜歡上郝寶貝，趙明佳依然要安排上陽明山約會的這一齣，無非就是希望，郝寶貝能看清路西法的真面目，早日遠離這種荒謬的單戀。

可惜，愛情總是讓人變得盲目，即使路西法對她不理不睬，甚至藉機惡整她，郝寶貝仍在心裡用各種藉口為他無禮的行為開脫。

因為喝了咖啡而撫著胸口的郝寶貝，整晚難受的翻來覆去，無法入眠。心悸，頭痛，精神亢奮，明知道咖啡因對她會造成這麼嚴重的副作用，可郝寶貝還是義無反顧的喝下去。就因為，那是路西法為她點的飲料。

可路西法正是從趙明佳那裡得知，郝寶貝不能喝咖啡，才故意點給她喝的。

即便折騰了一個晚上，可郝寶貝並沒有因此怪路西法，隔天一早，臉色發青的她，反而興高采烈的跑去找趙明佳。

「他……昨天有沒有給妳臉色看。」雖然，這套劇本都是趙明佳設計好的，但一見郝寶貝開心的轉圈，他的心，還是難過的淌血。

「怎麼會？路西法對我超級好，不但幫我點餐，還送我回家。」

送她回家？還是目送她「坐車」回家？

每個人的想法不同，解讀自然也大不相同。

「那就好。」勉強一笑的趙明佳放寬心，路西法終於沒有刁難郝寶貝。

「你看，我終於有路西法的賴了。」郝寶貝打開手機螢幕，那個趙明佳熟悉的頭像，鮮明又耀眼，「路西法要我以後都用賴跟他聯繫，不過僅限於吃飯時間，你知道的，企業總裁都很忙，連吃飯都要回訊息。」

「哦。」趙明佳懶懶回道。

忙個屁，連財務報表都看不懂，還當什麼總裁？

「可惜，他明天就要回香港，我得等到過完年才能再看到他了。」

「嗯。」

「唉！古人說：『一日不見如隔三秋』，我現在終於體驗到相思之苦了……」

郝寶貝滔滔不絕的談起路西法的種種，不過，此時的趙明佳根本沒有心思聽。

因為，他滿腦子都在想，路西法到底能配合他演戲演多久？如果哪天路西法翻臉，他該怎麼做才能將郝寶貝的傷害減到最低。

一如路西法所想，如獲珍寶的郝寶貝，開始瘋狂的傳送貼圖給他。舉凡好笑、不好笑的，請安、問好的，遊戲邀請什麼的，搞得路西法快抓狂。

都說網路無國界，即使回到香港的路西法不用再看到郝寶貝，但被一個自己厭煩的女人二十四小時用訊息騷擾，也不是注重隱私的他所能容忍的。所以過完農曆年後，路西法就直接把郝寶貝給封鎖了。

「怎麼會這樣？路西法很忙嗎？我傳了好幾天的賴，他都未讀未回。」

「他應該……準備回臺灣了，妳這幾天就別再傳了。」

「我就是擔心他壓力大，才傳笑話給他的。」

「未來的總裁，如果連這點壓力都受不了，以後怎麼管理公司？再說，過幾天就開學了，到時又可以見面了，妳有什麼好擔心的？」

「嗯，也是。一個多月不見，不曉得路西法是不是變更帥了？嘻！」

見郝寶貝高興的拿著手機，上網搜羅更多有趣的笑話，趙明佳不禁替自己感到悲哀。

這個寒假，是趙明佳和郝寶貝重聚以來，最痛苦的一個假期。

以前每天都要傳好幾封貼圖給他的郝寶貝，自從轉移目標成路西法後，就不再搭理他。就算趙明佳還像之前一樣，當工具人買便當，陪她吃飯、運動，但他們的話題除了路西法，還是路西法。

即使，趙明佳早就意識到，會有這麼一天。

第七章　八字相剋

新學期的開始，大二的趙明佳課本來就多，再加上路西法要求增加的那三科，讓他不得不放棄和郝寶貝的共同科目。

不僅如此，晚上他還得再幫路西法補習，這也意味著趙明佳以往陪郝寶貝的時間，現在反而都被路西法霸占了。

可為了讓路西法恢復和郝寶貝通訊，趙明佳只能照辦。

「什麼！這學期我都要自己回家，自己吃飯？」一聽到趙明佳晚上要兼家教的消息，郝寶貝當場就發火了。

「只有晚上，早上和中午我還是可以陪妳一起吃。」趙明佳不能曝露他和路西法的約定，所以只好坦承自己離家，需要兼任家教賺點生活費。

「沒事幹嘛和你爸媽吵？家教能賺多少錢？夠你和社長兩個人用嗎？」

「每天都兼課肯定是夠的，況且我哥就要畢業，他已經在找工作了。」

新選的這三科，趙明佳雖然都看過教材，但以路西法的資質，他也不敢肯定要花多久時間才能教會，只好把時間抓保守一點。

「那……那我以後不就要自己孤單一個人了。」垂下頭的郝寶貝第一次露出落寞的神情，看得趙明佳分外不捨。

「妳可以傳賴給路西法啊！他不是又開始回妳了嗎？」

「對耶！果然是因為回香港太忙了，他現在都有看我的訊息。」一臉興奮的郝寶貝拿起手機，正要給趙明佳看路西法的已讀訊息，可突然想到……「你怎麼知道路西法有看我的訊息？」

「啊！」

「這種事只有我知、路西法知，你這個第三者怎麼也會知道？」一臉狐疑的郝寶貝質問道。

「哦！我猜的啊！」哈笑兩聲的趙明佳加快腳步，「妳這幾天心情這麼好，肯定是路西法回妳訊息了，我怎麼會看不出來？」

「嘻！也對。」不疑有他的郝寶貝，將手機放回背包後，踏著輕快腳步回家。

為了方便趙明佳進出，路西法索性把家裡的備用磁扣給他。

「你不怕我把你家搬光。」雖然這磁扣小小一枚，但路西法的身價不凡，萬一哪天家裡丟了什麼鑽錶、黃金的，就算把趙明佳賣了也賠不起。

「門外都是監視器，有本事你就搬啊！」

從小就在富裕家庭長大的路西法，當然明白防人之心不可無，但意外的是，他直覺趙明佳是個值得信賴的人。況且，這裡既然是租的，自然不會放什麼貴重的東西。

「今天老頭子教的你聽進去多少？」打開教材，趙明佳問道。

商學系的基礎課程，不外乎就是經濟、會計和統計，路西法連基礎課程都沒搞懂，就直接跳財務管理，難怪學得辛苦。所幸經過趙明師的指點後，兩人再回到原點重新開始。

「文字敘述倒是沒有多大問題，只是概念有些不懂。」

比起初學時的羞赧和難以啟齒，路西法現在已經可以和趙明佳坦坦蕩蕩的討論起難以理解的地方。畢竟這一次，他是付了教材費和補習費給趙明佳的。

「聽說，你哥畢業後，要留在學校當助教？」

「嗯。」轉著筆桿的趙明佳，複習著教授說的那些重點，並依序幫路西法劃上記號。

「以你哥的本事，留在學校不覺得太可惜了嗎？」見趙明佳沒有回答，路西法又接著問：「香港的大學都不錯，如果有機會，你會不會有興趣來？」

愣了下的趙明佳，轉頭看了路西法一眼，笑道：「就我現在都得跟你收家教費才能度日，你說，香港是我這種窮小子能去得了的地方嗎？」

「公司可以出資讓你完成學業。」見趙明佳瞬時臉就僵了，路西法企圖說服他，「等畢業後，你就留在公司幫我。」

香港再怎麼說也是世界級的金融中心，即使現在風光不再，但發展的機會確實比臺灣多很多。雖然路西法的樣子不像在說笑，開的條件又很吸引人，但一想到要離開郝寶貝……

「我學的是理工，對你公司一點用都沒有。」趙明佳又恢復一貫的輕鬆語調，「當老闆就要學會精打細算，像你這樣亂開友誼支票可不行。」

「你現在放棄理工也還來得及，甚至，修個雙學位都不是問題。」

「我沒興趣。」趙明佳斷然拒絕。

「你可以當我的特別助理，薪資隨便你開。」

「不是有錢就可以為所欲為的。」有些生氣的趙明佳站起，「你如果沒什麼問題，我明天再來。」

「難道，你的人生就要虛擲在那個八婆身上嗎？」路西法拉住他。

「我再警告你一次，不准這麼叫她，否則，這三科你就自己看著辦。」趙明佳甩開路西法的手，直接穿鞋打算離開。

「你這麼犧牲，到底期望得到什麼？」路西法對著趙明佳的背影大喊，「同情？還是感激？就算妳把全世界都給了她，她也不會愛你的。」

「雖然我不能決定她愛不愛我，但至少我可以選擇怎麼去愛她。」甩上門的趙明佳連電梯都沒耐心等，直接走樓梯一路從十六樓狂奔而下。

「香港有什麼了不起？有錢什麼了不起？老子不稀罕，通通都不稀罕。」一路罵著幹話的趙明佳氣急敗壞的走到公車站牌，這才發現，他的背包還在路西法的家。

「雪特，居然忘了，悠遊卡和錢包都在裡面。」衝動果然就沒有好下場。

掏出手機的趙明佳，打算叫趙明師來接他，可手機響了很久都沒人接。他又忘了，今天是星期五，哥說約了女朋友看午夜場電影，肯定不會接電話。

嘆了口氣的趙明佳，一臉頹喪的坐在公車亭內，仰望著臺北這看似絢爛，卻一成不變的夜色。

天空飄起毛毛細雨的溼冷，讓沒穿外套的他打了個寒顫。

喜好運動的趙明佳，平時並不怎麼怕冷，何況路西法家裡還開著暖氣。但三月初春的冷氣團幾乎和冬天的寒流沒什麼兩樣，不到十度的低溫讓僅穿一件薄T的他，凍到十指發麻。

『不是有錢就可以為所欲為的。』

一想到自己剛才嗆路西法的這句話，冷靜下來的趙明佳，突然無法抑制的大笑。

有錢，當然可以為所欲為。

如果有錢，趙明佳可以去韓國整得比路西法還帥。

如果有錢，他可以開著跑車載郝寶貝上下學。

如果有錢，他可以成立一間跨國企業自己當總裁。

可惜，他沒有，所以，只能一個人在公車亭裡，忍受寒風刺骨的襲擊。

他明白路西法講的話很現實，現實得令人生氣，現實得令人覺得殘忍，但魚與熊掌向來不可兼得，趙明佳想得到某些東西，就必須犧牲掉某些東西。

『你這麼犧牲，到底期望得到什麼？』

是啊！他到底期望得到什麼呢？

趙明佳低頭看著身無一物的自己，失聲大笑。

☆　☆　☆　☆　☆

隔天一早，沒等到趙明佳送早餐的郝寶貝，狂叩趙明師的電話，好不容易才把他從睡夢中叫醒。

「是他沒買早餐過去，妳打電話給我幹嘛？」約會到凌晨才回家，興奮得早上才剛入睡的趙明師打著呵欠，對郝寶貝這種假日挖人起床的白目行為超級不爽。

她把趙明佳當工具人，不表示他的哥哥也要跟著一起活受罪。

「他關機了，我怎麼打都不通。」這一年多來，趙明佳從沒有無故不接郝寶貝的電話，就算一時沒聽到也會回電，可現在都快中午了，趙明佳不可能都沒開機。

「怎麼可能？難不成他還在睡覺。」趙明佳生活向來規律，每天五點起床晨跑，幫郝寶貝買早餐，等她一起去上學，趙明師還真不相信這樣的弟弟會睡過頭。

除非，他身體不舒服？

打開趙明佳的房門，棉被都還折得整整齊齊，可見已經出門了。

不對！趙明師記得他凌晨回家時，大門還是鎖著的，那表示，趙明佳從昨天離家後，就一夜未歸。

「他最後一次聯絡妳是什麼時候？」這不尋常的氣氛搞得趙明師的腦袋一下子都涼了，這種鬼天氣，從未在外過夜的弟弟會去哪兒？

「昨天放學吧！他說要去上家教，今天才能來我家，可我一直等不到。」

「妳先掛，我打打看。」

「社長。」手機那頭的郝寶貝也緊張了，「找到明蝦記得告訴我一聲。」

趙明師「嗯」的同時也掛掉電話，這才看到昨晚趙明佳曾打過電話給他，還有好幾通未顯示姓名的電話，一直打到早上十點。

難道，明佳被綁架了？

雖然當醫生的趙爸爸、趙媽媽很有錢，但他們兄弟已經離家多年，連生活費都要自己賺，誰會無聊到花時間綁走一個窮學生？還是，趙明佳得罪了誰？

瞬時，腦袋轟成一團的趙明師深吸了口氣，把趙明佳近來的行事都想了一遍，這才恢復了冷靜。就算被綁架，也要先和綁匪談條件，至少，趙明師得確保弟弟的人身是安全的。

按下通話鍵，趙明師憋住氣，等著對方開口。

「喂。」

「我是趙明師。」

「你是豬啊！睡到現在都幾點了，手機打到沒電了還叫不醒？」

手機那頭傳來一個陌生人的臭罵，讓趙明師嚇得連忙將手機拿遠一點。沒想到，綁匪這麼有耐心打了一晚上的電話，被罵得心虛的趙明師，就希望對方不要因此把怒氣發洩在弟弟身上。

「那個……你，你要多少錢？」

「你腦殘啦！我要錢幹嘛？趙明佳現在在醫院，你他X的快點來。」

趙明師趕到醫院時，路西法剛辦完住院手續，兩個護士正準備把趙明佳推進病房。

「我弟他……他怎麼了？」見趙明佳一動也不動的躺在病床上，第一次經歷親人住院的趙明師，也慌了。
「失溫，肺炎，醫生說要住院。」
「怎麼會？明佳平時連個小感冒都沒得過。」
「沒聽過健康寶寶病起來特嚴重嗎？」沒好氣的路西法睨了眼前的這個哥哥一眼，順手將住院的單子丟給他，「家屬簽名。」
「哦。什麼，單人房！」看到單子的趙明師差點大叫，「那個……三人房有健保給付，不用住那麼好。」
「三人房目前沒有空床。」
兩人跟著護士進到電梯，路西法拿出手機向學校請假。
「在北臺灣沒有空病床很正常，等中午有人出院就可以遞補進去了。」趙明師提醒路西法這個香港人。
「急診室裡一堆流感的病人，你讓生病的弟弟待在那裡等著交叉感染嗎？」
「……」
「三人房人多又吵，趙明佳現在這個樣子需要休息，你有沒有一點同理心。」
「……」
被教訓得一臉莫名的趙明師，本來還想反駁，但見一旁的兩個護士憋著笑，只好忍到病房再說。
單人房一天要多付三千五百塊耶！趙明師又不是總裁，哪付得起？

雖然，對路西法這號學校裡的風雲人物，趙明師不曉得經手多少次他的新聞，但實際上兩人從未正式照過面。沒想到，他這個人比傳說中的還鴨霸，明明是自己的弟弟住院，他這個旁人還當家屬一樣作起主來。

護士調好點滴，交代完注意的事情後，就先離開了。

「我弟是怎麼回事？好好的怎麼就肺炎了？」趙明師好歹是醫生的兒子，對疾病的發生自然也很清楚，昨天早上還活蹦亂跳的一個人，不可能無緣無故說肺炎就肺炎。

「是我不好。」路西法坦誠道，「昨天我和他吵了一架，他外套沒穿就走掉了，直到凌晨，警察才通知我到醫院。」

「等等，你……你說，明佳和你吵架？」見路西法點頭後，趙明師更覺得無法理解，為了郝寶貝，趙明佳幾乎對路西法言聽計從，他怎麼可能和路西法吵架？

「就算吵架，就算外套沒穿，他也可以直接回家啊！幹嘛搞成這樣？」

「他把背包丟我家了，估計是沒錢坐車。」

路西法也無法理解，怎麼有人脾氣可以臭成那樣，沒錢大可以再回他家拿，犯得著凍在公車亭，把自己搞到肺炎。要不是執勤的警察，看到衣著單薄的趙明佳昏倒在公車亭裡，後果不曉得會有多嚴重。

幸好，警察在手機裡發現趙明佳往來最頻繁的路西法，緊急通知他到醫院，否則，要是打給他的哥哥趙明師，可能打到死都找不到人。

「你還真行，能把明佳逼成這樣。」

雖然，趙明師不了解兩人吵架的前因後果，但趙明佳向來不是容易衝動的人。所以，能讓他拉不下臉回頭找路西法的原因只有一個，肯定是路西法踩到他的底線——自尊心。

「我……我不是故意的，我以為，他回家了。」一整晚沒睡的路西法也沒好到哪裡去，一聽到警察說趙明佳失溫、昏迷，他幾乎嚇傻了，叫了計程車就趕過來。

「算了，反正事情都發生了，等明佳醒來我再通知你。」趙明師也沒打算怪他，至少，路西法是第一個到醫院幫明佳的，而他這個哥哥，還不明就裡的在家睡大覺。

「我已經替趙明佳向學校請了假，這裡，還是我留下來好了。」

「也好，那你先幫忙顧一下，我回家拿他的衣服和盥洗用具。」

抬頭一見，趙明師才發現，路西法整個眼眶都紅紅的。沒想到，剛才講話還那麼鴨霸的一個人，轉眼又變得這麼溫柔。

溫柔？

對明佳？

贖罪吧！

轉身又看了弟弟一眼，趙明師這才飛快的趕回家拿東西。

趙明師走後，站在病床旁的路西法，一臉愧疚的看著昏迷不醒的趙明佳。

「就算她把你當工具人，對你呼之即來，揮之即去，你也沒有一絲怨言，可我不過是說了實話，你就寧願這樣折磨你自己。」雙手緊握著病床護欄的路西法，十指關節因過度用力而泛白。

「明明知道是錯的感情，就算遍體鱗傷也在所不惜，難道，這就是你選擇愛她的代價？」

經過兩天的抗生素治療，趙明佳的肺炎症狀改善很多，醫生本想讓剛退燒的他再多觀察幾天，可趙明佳擔心付不起住院費，急著要回家。

「放心，路西法說住院費用他會出，你就等確定好了再回去。」

「我不想欠他人情。」一手還吊著點滴，一手收拾棉被的趙明佳說。

「欠什麼人情？如果不是他找你吵架，你這個健康寶寶能搞成這樣？」

「……事情不是你想的那樣。」

「不管怎樣，沒有醫生的允許，我不會讓你出院。」趙明師搶下棉被，放回病床上，「肺炎不是普通感冒，沒有按醫生指示走完療程，再復發就得用更強的抗生素才能壓得住。你這不是省錢，而是浪費醫療資源。」

「可……可是寶貝，沒人給她買早餐。」

「她沒父母嗎？都幾歲的人了，餓不死。」整天都在擔心那個寶貝，可人家的心裡根本沒有他這個傻弟弟。

「你沒告訴她我住院吧！」

「沒，我說你被學生家長招待去玩了，手機沒電，所以才沒接她電話。」

「她……很生氣吧！」

「生氣？是啊！剛開始很生氣，氣你沒有事先告訴她要出去玩。但是路西法主動賴她後，她就轉移注意力了。」

「……」

「看來還是路西法這種朋友罩得住，你缺什麼他一個人就可以搞定，他要是個女的，還真合適當女朋友。」低頭默默看著手背上針頭的趙明佳沒回話，趙明師也不想再繼續刺激他，「想吃什麼？我去買。」

「……叉燒飯吧！」

為了不耽誤課程，趙明師白天還得去學校，他把課本拿到醫院，給退燒後卻不能亂跑的趙明佳打發時間。

單人房的配備不錯，有電視、有冰箱，唯一的缺點就是太安靜。

由於抗生素的關係，一打完趙明佳就特別疲倦想睡覺，為了讓身體趕快好起來，他只好乖乖休息。下午路西法來的時候，趙明佳剛好醒了，可是他不想面對路西法，便繼續裝睡。

牆上的時鐘，滴滴答答的響著，在沒人說話的單人房裡顯得特別吵。

躺在病床上的趙明佳以為路西法只是順便來看看，直過了許久，坐在椅子上的他卻還是一點聲響也沒，靜到趙明佳幾乎以為他已經走了。

腦袋明明清醒，身體卻不能動，這對平時就習慣伸展四肢的趙明佳來說，簡直是折磨。半個小時後，膀胱都快炸了的趙明佳，只好起床。

原本面無表情的路西法，這才抬頭喊：「去哪？」

「尿尿。」趙明佳沒好氣回道。

勾起唇角的路西法這才放心，低頭繼續看書。

「我沒事，你不用天天來。」躺回病床上的趙明佳趕人。
「你哥說你吵著要出院，要我來看著。」
「我又不是小孩。」
「就是比我小。」
「呿！」
「……那個，住院費我會還你。」一天三千五佰塊啊！他幾個月的飯錢都沒了，可就算心裡在淌血，趙明佳也得咬牙把錢還了。
「好啊！每個月從家教裡面扣。」
「扣一次就好，幹嘛每個月扣。」趙明佳緊張的從床上跳起來，難道路西法放的是高利貸嗎？
「分期付款啊！你不用吃飯嗎？」
原來是這樣。
「還有，謝謝你轉移寶貝的注意力。」
「其實，只要降低智商，跟她聊天也不算無趣。」合起課本的路西法一派輕鬆。
趙明佳正想反駁，路西法卻從口袋裡拿出一個東西，遞給他：「這兩天的課我都錄了音，你有空再聽。」
接過錄音筆，趙明佳原本還堵在胸口的鬱悶，居然漸漸的散了。
兩天後，確定沒事的趙明佳這才獲准出院，只是被完全蒙在鼓裡的郝寶貝，罵得很慘。

郝寶貝真以為趙明佳為了玩，翹掉這麼多天的課，「平時你除了上課、補習，我從沒聽你去哪裡玩過，為什麼這次不說一聲就閃人，害我還以為你發生了什麼事。」

「這不是壓抑太久，需要放鬆一下嗎？」知道郝寶貝擔心他，趙明佳又高興又羞愧，「這幾天妳都一個人，一定很無聊，待會兒我們一起吃飯吧！」

「不用。」郝寶貝興奮的拿出手機，在趙明佳眼前晃了晃，「有路西法陪我。」

「他……陪妳？」

「對啊！他這幾天特別有空，所以一邊吃飯一邊陪我聊天。」

瞧那一臉的幸福，難道，路西法對郝寶貝的印象，真的改觀了？

「那，我在旁邊……」

「在旁邊幹嘛？」瞬時遮住手機螢幕的郝寶貝，防備問道。

對啊！他在旁邊幹嘛？看著郝寶貝因為路西法而吃得開心、幸福的樣子嗎？

「不是，我想在妳旁邊也沒什麼事，那以後我就直接去學生那邊吃了。」

「好啊！」

完全無視趙明佳心情的郝寶貝答得爽快，可這也讓毫無準備的趙明佳，一顆心直沉到水底。

出院後的趙明佳，變得異常安靜。準確來說，以往為了逗郝寶貝開心，他一直讓自己處於一種假興奮的狀態，而當這層假狀態不再有需要時，趙明佳又恢復成原來那個沉默寡言的小男生。

當謊言成為一種罪惡，唯一的救贖，就是祈禱她能幸福！

所以趙明佳一直說服自己，只要郝寶貝開心，他就開心，可當每天面對著路西法這個虛擬情敵時，他的心情卻又異常的反覆。

「為什麼還是不懂？這題連小學生都會。」火氣上來的趙明佳，用力拍著課本。

「最好小學生知道銀行代收票據是什麼鬼東西。」路西法也沒好氣的回道。

路西法明白自己在學商這方面，資質沒有趙明佳的好，可是每個人的天分不同，所以才要請趙明佳來幫他。沒想到這幾個月來，趙明佳三天兩頭就對他發脾氣，這都快期末了，老師還在影響學生情緒，這算什麼家教？

「那你就應該先把所有會計科目都背好。」轉身拿起背包的趙明佳丟下話，「我明天再來。」

「不准走。」路西法拉住他，「沒教好，我不准你走。」

「那我不教了行不行？」趙明佳扯過背包，硬是要離開。

「不行。」站起身的路西法攔住他，「別以為我不曉得你在鬧什麼彆扭，是你硬要我和她通訊息的，可現在卻為了這種事跟我鬧脾氣？」

「我沒有。」

「去你的沒有。」路西法罵道，「公、私都分不清楚，一點責任感都沒有，還當什麼男人。」

「就你有責任感？那些被你利用的女孩子，難道你對她們就沒有一點愧疚？」

「你怎麼知道不是她們利用我？學校傳的那些謠言難道是我去說的嗎？明明是她們自稱我

的女朋友，我什麼時候承認過？」

「你把人家利用完就甩了，當然不會承認。」

「是她們的爸爸要求我陪吃飯，才願意談生意，可是飯吃了，電影看了，街逛完了，這些人的爸爸反而避不見面，你說，是誰利用了誰？」衝著一口氣講完的路西法也怒了，「你以為我喜歡和她們在一起嗎？要不是姨說業界小，我的根基又不穩，多一個朋友就等於少一個敵人，你以為我願意讓那些八婆在我面前張牙舞爪、得寸進尺嗎？」

要不是趙明佳一直誤會他，本來這些事，路西法根本不想，也不願意跟任何人提起，「那些女人想要的，不過都是表面上的虛榮，可是有誰了解事實的真相到底是什麼？」

見路西法氣得臉跟眼睛都紅了，趙明佳突然覺得，自己有那麼一點過分，「你……早講不就得了，又不是認識一天兩天了。」

「對，又不是認識一天兩天，可在你心裡，我還是那個只會玩弄女人的渣男。」路西法憤憤丟下趙明佳的背包，指著他：「就連你，也一直利用我來討好你喜歡的女人，不是嗎？」

「那不一樣。」心虛的趙明佳急著反駁。

「哪裡不一樣？明知道我為了公司必須學會財務，你就拿這個來威脅我，跟我談條件，你跟那些利用我的女人有什麼不一樣？」路西法大吼。

「路西法……」第一次看路西法這麼失控的趙明佳，有些嚇到。

「滾！我不想再看到你，你馬上給我滾！」

有錢又怎樣？

富二代又怎樣？

世界上還是沒有一個人懂他，一個也沒有。

直覺心臟有無數刀子在割的路西法迅速轉身，誰知大腦轟隆一響，他突然感到一陣天旋地轉，然後……

「喂！你……你怎麼了？」

「你們倆是八字犯沖還是相剋啊！上次吵架你住院，這次吵架換他住院。」

才剛回到家的趙明師被弟弟緊急叩到醫院，想不通這兩個大男人，能為什麼事吵成這樣，而低著頭的趙明佳剛領了藥，正準備給護士打針。

「通知他阿姨了嗎？」趙明師問道。都這種狀況了，罵也沒用，趕緊告知家屬狀況比較重要。

「嗯，小阿姨說她會搭夜班飛機趕過來。」

「醫生怎麼說？」

「暈眩症。」緊握拳頭的趙明佳小聲說道：「小阿姨說路西法受刺激，就會暈眩。」

「又是文明病。」嘆了口氣的趙明師再問：「要住院嗎？」

「醫生說先觀察幾個小時，如果頭還是暈，就要住院。」

「那個，學姐，可以幫個忙嗎？」

正在對話的兩兄弟，突然聽到護士喊人。

「怎麼了？」趙明佳見路西法右手手肘內側貼了兩處棉花，可護士卻還沒有把針打進去。

「他血管太細，不太好打。」年輕護士收拾起幾團沾了血的棉花，把位子讓給年長的護士。

趙明佳只見那個年長的護士，在路西法的兩隻手上看了又看，翻了又翻，拍了又拍，本來皮膚就白的路西法，瞬時兩隻手就紅成一塊一塊。

血管細不好打針的醫學常識趙明佳有，可不代表他就可以對到處扎針的痛，無動於衷。他想說些什麼，卻不知道能說些什麼。

年長的護士終於在路西法的手背上，找到一條可用的血管，作完基本的消毒後，就把包著塑膠軟管的針，刺進皮下。趙明佳只見昏迷的路西法眉頭一皺，似乎感覺很痛。

「他醒了。」大家聽到趙明佳這麼一喊，全都看向路西法。

當護士把針推進血管時，路西法的眉頭皺得更深了。

「嘶。」緊閉雙眼的路西法，忍不住抽氣。

「在打針，忍一下子就好嘍。」年輕護士拍拍路西法的肩膀，溫柔的安慰。

趙明佳見那個年輕護士按住路西法的手臂，好像擔心他會亂動，便主動伸手：「我來幫忙。」

護士笑了笑，收拾起床上消毒完的棉花。

「頭還暈嗎？」打完針的年長護士問道。

「嗯。」眉頭緊鎖的路西法回道。

「暫時不要起床，也不要睜開眼睛，等不暈了再叫我們。」

「嗯。」路西法乖巧的點頭。

弄完一堆檢查，打完針，已經過了晚上十一點。

「哥，你先回去吧！我在這裡就好。」急診室只有一張椅子，兩個人待著也沒用，趙明佳說道。

「你們都回去，讓醫院給我找看護。」閉著眼睛的路西法，冷冷說道。

「醫生說先觀察，如果不暈就不用住院。」趙明佳耐心解釋。

「我看到你就暈，你滾。」上了脾氣的路西法吼道，引來櫃檯醫生、護士們的側目。

「你回去吧！我在這裡陪他，有狀況再叩你。」趙明師見氣場不對，主動留下來。

明知道禍是自己闖的，可趙明佳清楚現在的路西法還很生氣，他留下來，對路西法的病情沒有幫助，只好把路西法的手機、錢包和證件都交給哥哥，拿起背包離開。

「我弟走了，你睡一下，心情緩和或許就不暈了。」

「不要告訴我姨。」

「已經說了。」見路西法還想開口，趙明師搶先道，「你在臺灣沒有親人，我們又不清楚你的身體狀況，這種突發性暈眩病情可輕可重，我們不能不通知。」

「關於家教的事，我再幫你找個商學系的好了，男生、女生都行，郝寶貝的事你也不用管，讓他們自己解決。」嘆了口氣的趙明師，拉起病床布簾，好替路西法遮住一點冷氣。

抿抿脣的路西法沒再說話，他高舉手臂遮住眼睛，好強迫自己睡覺。

在急診室待了一晚後，恢復正常的路西法，連同香港趕過來的小阿姨，一起回家。

其實，路西法的暈眩症，是在得知他父母驟逝時發生的。雖然，經過藥物治療後，症狀很快便消失，但當時還在就讀香港大學的路西法，卻因為課業和家庭的雙重壓力，經常在學校裡發生暈眩。

勉強接管公司的小阿姨王雅菲，無法同時兼顧外甥和事業，便將路西法送到臺灣和獨居的外公居住。不料，屋漏偏逢連夜雨，路西法的外公因為女兒、女婿的去世傷心過度，一年之後也離開了。

王雅菲好心將外甥送到臺灣依親，結果，卻讓他在臺灣舉目無親。

經過一連串喪失親人的打擊，路西法從一個倍受家人保護的富二代，變得獨立、成熟且堅強。所以，王雅菲才會開始將客戶轉介到臺灣，就是希望路西法能在畢業後，立即接手集團的工作。

誰知道，本以為已經康復的路西法，居然再次舊疾復發。

一路提心吊膽趕回臺灣的王雅菲，幾次三番問路西法發病的原因，他都不肯明說。為了避免造成路西法的壓力，王雅菲只好放棄追問。

「姨，我真的沒事了，妳還是趕緊回香港吧！」一邊吃著買來的飯菜，路西法催促著。

「就這麼急著趕我走？」王雅菲又夾了塊牛排給路西法，「我訂了明天一大早的機票，絕對趕得及回公司開會。」

「不就怕妳太累嗎？妳昨晚已經一夜沒睡了，今天又都在忙著看報告……」

「不是還有晚上嗎？我今天早點睡。」

路西法本想再勸，可警衛卻打來了電話，說有一個姓趙的先生找。

路西法正覺得奇怪，趙明佳手上明明有家裡的磁扣，隨時都可以上樓，幹嘛要透過警衛問？可一想到自己昨天還在醫院吼著叫他滾，估計趙明佳心裡還在鬧彆扭。

「就是個長不大的屁孩。」沒好氣的路西法請警衛讓他上樓，然後拿出課本，等著趙明佳向自己賠罪認錯。

「誰啊？」還在吃著飯的王雅菲問道。

「我請的家教。」

「你說很厲害的那個？」

「嗯。」

「那我還真得見見。」王雅菲笑道。

以前，王雅菲也教過路西法怎麼看公司的財務報表，但礙於表達和理解能力的不同，路西法始終學不會，這下好了，終於有人把他給教會了。所以，王雅菲也很想認識一下，路西法口中的這位數理天才。

門鈴響了，收起笑，故作氣定神閒的路西法，優雅的打開門，卻在看到來人後驚問：「怎麼是你？」

「呃……對。」見路西法一臉的訝異，趙明師也有一點嚇到，他不是跟警衛報了姓氏了嗎？

「什麼事？」

「這個，我弟說要還給你。」

趙明師拿出一個黃色信封袋，交給路西法，狐疑的他打開一看，是家裡的磁扣和錄音筆。原本就慘白的臉，瞬時就結成了霜。

「他說這個月的家教費不用給了，就當是補償你的精神損失，家教我也找到了，只要你同意，隨時都可以上課。」

「……」

見路西法冷著一張臉，也不說話，趙明師開始覺得這兩個人怪怪的，「東西既然都還了，那我走了。」

趙明師轉身，路西法這才陰森森的說道：「利用完了就想走？」

不明白這句話的趙明師，正想問個清楚，可一回頭，便看到勾起脣角的路西法，那一對魅人的瞳孔閃著詭譎的光。

「回去告訴趙明佳，下次再求我，就不是家教這種小事可以抵得了。」

「你！」

「他自己食言而肥，就不要怪我沒有成人之美。」

第八章　誰傷害誰

趙明佳果然沒再幫路西法補習，為了避免見面尷尬，他連和路西法共同修的那三堂課也沒有去上。

雖然路西法撂下狠話，說「趙明佳食言而肥，就不要怪他沒有成人之美」，但趙明師並沒有將這件事告訴弟弟。總之，都快期末了，等路西法順利畢業、回到香港，那所有的事情自然都會解決。可惜，聰明如趙明師，還是低估了這三個人錯綜複雜的關係。

向來視郝寶貝如敝屣的路西法，居然在校園裡，大刺刺跟她肩並肩的走在一起，這不但跌破所有路西法鐵粉們的眼鏡，就連趙明佳也為路西法這突然的舉動而整日提心吊膽。

明知道路西法不可能假戲真做，趙明佳怕的是這一切，都是路西法對他的報復。

就在大四畢業典禮的前一天，郝寶貝開心的傳賴給趙明佳，說路西法在離開臺灣之前，要帶她到中、南部玩幾天。

這意味著，郝寶貝會和路西法在外過夜，趙明佳再怎麼純情，也不可能不聯想到孤男寡女共處一室的後果。

看到訊息的趙明佳，馬上就衝到郝家，可郝寶貝根本不在。

「妳不能和路西法出去。」趙明佳只好發訊息警告郝寶貝。
「為什麼？」正和路西法幸福下午茶的郝寶貝回道。
「妳一個女孩子，怎麼可以單獨和男生一起過夜？」
「你以前不也常到家裡陪我嗎？」
「那不一樣。」趙明佳急道。
「是不一樣。」不以為意的郝寶貝，開心回道：「因為你是朋友，路西法是男朋友。」
發出訊息後，郝寶貝就把手機給關了，只剩這幾天可以相聚，她得專心陪路西法。
「明天畢業典禮一結束，妳就到校門口等我。」收起手機的路西法喝了口咖啡，說道。
「嗯，那我們要去幾天？」一想到可以和路西法相偕出遊，郝寶貝簡直興奮的想尖叫。
「兩天。」喝完最後一口咖啡，路西法站起身。
兩天沒辦法玩到南部啊！不過，考慮到路西法忙碌的工作……
「好。」順從的郝寶貝跟著站起，陪著路西法走到停車場，並看著他開車揚長而去，然後，她再走到公車站牌，自己搭車回家。
就算這樣的戀愛模式畸形得令人懷疑，可深陷其中的郝寶貝，卻從不過問路西法異於常態的行為。因為，她怕把這層淡薄如紙的關係戳破後，路西法就會離她遠去，即使，趙明佳的警告言猶在耳。
無法和郝寶貝通訊息的趙明佳，轉而去找路西法，但連續傳了兩封訊息，又撥了即時電話，路西法都沒有接。

氣急敗壞的趙明佳，直接殺到路西法的租屋處，可沒有磁扣的他進不了大樓，請警衛通知，警衛又說屋主不在家，不能讓趙明佳上樓。

時間一分一秒的過去，趙明佳直打到手機沒電，路西法都不接也不回，明知道這是赤裸裸的拒絕，但趙明佳還是不死心，隔天一早就跑到學校找路西法。

因為是星期六，平時上課的學生都沒來，只有穿著學士服、手捧鮮花的準畢業生，和參加畢業典禮的家長們，穿梭在校園裡拍照。心急如焚的趙明佳守在禮堂門口，直到典禮結束都不見人影。

趙明佳知道路西法是故意躲著自己，只好求助於學長，幸好，和路西法一起上過課的學長認識趙明佳，便好心告訴他，路西法正要去教學大樓拿東西。

從昨天晚上就沒吃過一粒飯、喝過一滴水的趙明佳，又餓又渴，可腿軟的他仍一口氣衝上七樓，果然看到路西法正在收拾策展的作品。

暗暗咒罵的趙明佳走向前，嚴正的警告路西法：「你不能帶寶貝出去過夜。」

只見路西法一臉漠然的回看他，好像不認識似的，而後不發一語的拿起東西走人。

「我知道你是在報復我。」趙明佳喊道，「以前的事是我不對，你可以衝著我來，但不要傷害寶貝。」

停下腳的路西法回眸，深邃的褐色雙眼裡，透著一種趙明佳沒看過的陌生，「傷害她？你不是一直要我對她好嗎？怎麼現在反而來質問我？」

「你明明不喜歡她。」趙明佳忍住怒火。

幾個畢業生也上來拿策展的東西，但見一個紅著臉的大二學弟，狀似在和路西法吵架，紛紛咬起耳朵。為免引起更多不必要的誤會，兩人只好到頂樓繼續談。

「喜不喜歡和出去過夜是兩回事，你是她的什麼人？不覺得自己管太多了嗎？」

「我是……我從小就和寶貝一起長大，我不准任何人傷害她。」

「傷害？到底是誰先傷害誰？」路西法嚴肅說道，「明知道都是虛情假意，可你還是執意把她推給我。」

「當初我們明明講好……」

「可是你食言了。」怒氣漸起的路西法，指著趙明佳，「當初說好一起上完那三堂課，但你卻半途而廢。」

「是你說不想再見到我的，怎麼現在反而怪我？」

「就怪你，怪你搞不清楚什麼是真話，什麼是氣話。」

「你……你簡直不可理喻！」

「我就是不可理喻。」按下怒火的路西法，轉眼卻展開一抹令人暈眩的微笑，他低身湊近趙明佳的耳邊，呼著氣說：「你一定不知道，之前她跟蹤我的時候，差點兒就主動獻身了，我帶她出去過夜，不過就是滿足她對愛情的渴望而已。」

「你下流！」額冒青筋的趙明佳，一把揪住路西法的衣領，伸手就朝他那張帥臉揮出一記猛拳。

爆怒的趙明佳出手重，完全沒有抵抗能力的路西法，馬上就被打倒在地。

「臭明蝦，你幹嘛？」

熟悉的大喊聲，讓打算揍下第二拳的趙明佳瞬間愣住，「妳……妳怎麼來了？」

「幸好我來了，不然路西法就被你打死了。」站在樓梯口的郝寶貝，以跑百米的速度衝過來，她兩手奮力推開趙明佳，並扶起跌坐在地上的路西法。

原來，約好在校門口的郝寶貝久等不到路西法，結果有個學姐主動告訴她，路西法在頂樓，沒想到一上來，就看到趙明佳爆打路西法的這一幕。

「你流血了。」眼眶瞬間泛紅的郝寶貝從背包裡拿出面紙，小心翼翼的幫路西法擦掉嘴角的血漬。

「寶貝，我……我不是……」趙明佳想解釋眼前的狀況，可卻不知道該怎麼講起。

「路西法跟你有什麼深仇大恨，你要這麼打他？」偌大的淚珠滾落，郝寶貝轉身，馬上就給了趙明佳一巴掌。

這一巴掌力道也不小，趙明佳的臉上，很快就浮出一個五爪印。

「趙明佳喜歡妳，所以，他要我離開妳。」拍拍自己一身沙塵的路西法，終於講出實情。

「什麼？」瞪大眼的郝寶貝，難以置信的看向趙明佳。

可趙明佳卻沉默的低下頭，撇過臉不願回答。

「不可能的，路西法，我……我跟明蝦從來都沒有……」

「可不可能，趙明佳最清楚，妳自己問他。」路西法轉身，打算離開。

「你要去哪裡？我們不是約好要一起去玩的嗎？」郝寶貝拉住他。

「妳的青梅竹馬都來揍我了，我怎麼還敢帶妳去玩？郝寶貝，我們到此為止吧！」甩開手，路西法走得瀟灑。

「不！路西法你別走，我根本不知道趙明佳會來找你……」又慌又急的郝寶貝正要追上路西法，可趙明佳從身後拉住她，「你幹嘛？放開我。」

「我不放。」趙明佳堅定說道。

既然事情都講開了，趙明佳也鼓起勇氣表白，「寶貝，我一直都很喜歡妳，路西法對妳不是認真的，他只是在演戲。」

「演戲？」

「對！為了讓妳開心，我說服路西法跟妳談一場假戀愛。」

「……」

「對不起！都是我的錯，我不該騙妳。」

「你騙我。」郝寶貝揮掉趙明佳的手，激動說道：「你嫉妒我和路西法在一起，所以才故意這麼說的，對不對？」

「不是。」趙明佳搖頭，可卻已經無法再讓郝寶貝相信他了。

「趙明佳，我一直都那麼信任你，沒想到，你居然是這種人。」哽咽，落淚，郝寶貝難過的掩面離開。

對！她必須離開。

郝寶貝不了解是因為趙明佳表明了對她的感情，還是因為證實了路西法自始至終都沒有喜歡上她的事實，總之，這一切來得太快，快得讓郝寶貝一點防備都沒有。

「寶貝……」趙明佳拔腿追上。

☆　☆　☆　☆　☆

路西法離開臺灣已近一個月，郝寶貝在期末考後，就把自己關在家裡，足不出戶。

完全狀況外的郝媽媽，有點擔心女兒是不是在學校受到什麼欺負，所以私下問過趙明佳幾次，但基於隱私，趙明佳並沒有坦誠他和郝寶貝，還有路西法三人之間的事。

為了打破僵局，一方面也擔心郝寶貝承受不了情傷的壓力，趙明佳想盡辦法找事情來轉移她的注意力。可就在這個時候，郝爸爸因為工作受傷住院，郝媽媽家裡、醫院兩頭燒，就連郝寶貝晚上都得到醫院和郝媽媽交班。

因為傷到神經，醫生叮囑郝爸爸短期間都不要使用右手，這也讓郝家原本就不甚理想的經濟狀況，急轉直下。

婚後就專職在家的郝媽媽沒有工作能力，再加上郝爸爸需要人照顧，可面對馬上就要給付的醫療費用，以及未來龐大的復健及家庭開銷，郝寶貝打算休學找工作。

「妳連打工的經驗都沒有，怎麼找工作？」從郝媽媽那邊得知消息後，趙明佳就衝去找郝寶貝。

「我的事不用你管。」看著手機上的徵人廣告，郝寶貝逐一抄下筆記。

「要不，妳打算找什麼工作，我陪妳一起去。」趙明佳就是不放心單純的郝寶貝一個人到處跑。

「趙明佳，你煩不煩啊！你是我什麼人，憑什麼管我們家的閒事？」

「這不是閒事。妳爸媽平時就對我很好，我幫忙也是理所當然的。」趙明佳見郝寶貝沒再回話，放緩語氣說：「路西法的事我很抱歉，我……」

「不要再提他的事。」郝寶貝打斷他，「我沒興趣聽。」

打從路西法畢業那天起，就斷了與郝寶貝的一切通訊，甚至還將她列為黑名單。

曾經的綺麗幻想終成殘忍的現實，郝寶貝不怪趙明佳，也不怪路西法，她只怪自己，以為用無知的理由和藉口，就能永遠蒙蔽住真相。而現在，家裡的經濟狀況都快火燒眉毛了，她哪裡還有心情，去思念那個沒良心的路西法。

可是，一直都是茶來伸手、飯來張口的郝寶貝，對找工作一點概念都沒有，她一個人要怎麼去應徵？

「那個……你真的，願意陪我一起去找工作？」到頭來，她能倚靠的，還是只有趙明佳。

「當然。」趙明佳猛點頭，「至少我有打工的經驗，知道怎麼面試。」

「面試會問什麼？要考試嗎？」完全狀況外的郝寶貝有點擔心，聽說鬼島一堆慣老闆，欺負新人的老鳥又很多，她也害怕。

「看妳找的是什麼工作。」拿起筆記，趙明佳認真的分析郝寶貝從求職網上抄下來的工作。

暑期打工的機會雖多，但薪資低，工時又長，郝寶貝想找個有穩定薪水的，卻礙於大學未畢業，根本沒有公司願意錄用。就這樣耗了一個月，被拒絕到幾乎失去自信的郝寶貝，急得都快哭出來。

剛上完家教的趙明佳一回到家，就立刻傳訊息給郝寶貝，可她說今天依然沒有收到任何一家公司的通知。

家教的收入雖然不錯，但也無法支付郝寶貝一家人的開銷，垂坐在椅子上的趙明佳抓破頭，不知道該怎麼辦才好。

「我說你啊！別把自己當神，整天都想著怎麼濟世救人。」看弟弟每天兼課累得像條狗，趙明師都覺得於心不忍。

「哥，如果我回去找爸媽開口，你認為他們會願意幫忙嗎？」雖然機率渺茫，但這是趙明佳唯一能想到的。

「不會。」趙明師回得斬釘截鐵，「爸媽本來就反對你和郝寶貝來往，他們要是知道你是為了郝寶貝離家，肯定會更生她的氣。」

「那……怎麼辦？以寶貝的資歷，根本不可能找得到工作。」哥哥說得有道理，爸媽已經夠瞧不起郝家了，趙明佳不應該再加深他們對寶貝的壞印象。

「每個人都有自己的問題要面對，你一直幫郝寶貝扛著也不是辦法。」趙明師拍拍弟弟的肩膀，說道：「路西法找我去他的公司上班，我已經答應了。」

「什麼！你不是要留在學校當助教？」從沒聽哥哥提過這件事的趙明佳，從椅子上跳起來。

「路西法開給我的薪水是助教的三倍，這麼誘人的條件，傻瓜才不去。」

「可……可是，他公司在香港，你女朋友會答應嗎？」不只是驚訝，趙明佳甚至覺得三倍的薪水簡直是天價。

「不用去香港。」難得神祕的趙明師揚揚眉，「他已經在臺灣成立了分公司，打算讓我在這邊處理國外的訂單。」

「為什麼？訂單不都是在香港直接處理的嗎？」以前，路西法曾經跟趙明佳提過公司的一些事務，他自然有點概念。

「公司雖然在香港，但臺灣有臺灣的競爭優勢，例如中東與歐美的貿易，因為政治因素，在臺灣處理會比較方便。」雖然趙明師知道為了郝寶貝，弟弟和路西法鬧得不愉快，但既然人家都盡釋前嫌了，趙明師也沒理由拒絕。

「你也知道，離開了家，我們就只能靠自己了，沒有經濟基礎，不要說結婚，就連生活都有困難。郝寶貝不就是最好的例子？」

的確，趙明佳現在是一人吃飽全家飽，可如果要讓家人沒有後顧之憂，就必須提早存下一筆錢，光靠勞力是不可能做到的。

「什麼時候開始上班？」既然都成事實了，趙明佳應該替哥哥感到高興才對。

「等小阿姨和房東簽好約，辦公室可以使用就上班。」

原來，路西法在臺灣開分公司是早就有的打算，他果然是當總裁的料，想得比趙明佳這個單純的家教還要深遠。

趙明師見弟弟沒有反對，接著說：「另外，路西法要我帶句話給你。」
「什麼？」
「初期臺灣這邊的工作不多，請個會計太花錢，所以，他希望你能兼差幫他作帳。」
「蛤？」
「薪水我都幫你談好了，比你兼家教好上幾倍。」
「哥……」趙明佳什麼都不知道，就直接被賣了。
「反正你缺錢，路西法有錢，又都熟，一拍即合。」

因為趙明師的自作主張，趙明佳被迫成為路西法公司的員工。雖然不用面對面，但昔日情敵成為自己的大老闆，還是讓自尊心重的趙明佳很難適應，尤其在揍了路西法那一拳之後。如果被公司的員工知道，趙明佳這個兼差的小咖曾揍過他們的男神總裁，不馬上吐口水淹死他才怪。

還有一件更值得慶幸的事，學校有個工讀職缺急需找人，得知消息的郝寶貝馬上就向學校提出申請，在聽了郝寶貝可歌可泣的遭遇後，抹去眼淚的教職人員直接就錄取了她。

學校工讀的薪資雖然不多，但至少可以貼補一點家計，再加上，郝爸爸的公司替他申請了傷病給付，暫時彌補了住院的醫療開銷。趙明佳還帶郝寶貝向銀行申請就學貸款，這樣一來，她就不用因為繳不出學費而休學了。

原本這一連串焦頭爛額的難題，好像在冥冥中有如天助，一下子全都迎刃而解。只是有了工作的大學生，在時間的使用上就不能像以前，一傳賴就停不下來。

白天，郝寶貝得在課餘時間幫忙處理雜務，假日偶爾還要協助學校舉辦的各項活動，而晚上，趙明佳得將公司的訂單以及各項費用輸入電腦，以利香港總公司作帳與核對。所以，兩個人幾乎忙得連碰面的機會都沒有。

一年後，趙明師因為接到歐洲的一筆大訂單，直接被路西法升任為臺灣分公司的經理。

兩年後，畢業的郝寶貝選擇留在學校，成為正職人員，而趙明佳則轉考商學系研究所，繼續攻讀他的碩士學位。

第九章　總裁會基友

又是一個新學期的開始，許多從中、南部上來臺北就讀的學弟、學妹們，都很難適應這裡高溫、潮溼又悶熱的天氣。學校陸陸續續收了幾個中國和香港來的交換學生，但即便偶爾有一、兩個小鮮肉出現在校園裡，也已經沒了當年路西法引起的瘋狂效應。

自從趙明佳升上研二之後，埋首寫論文的時間明顯變多了，再加上他身兼助教一職，只要人在學校，總有一群白目學妹圍著他轉。

「助教，教授出的這個作業太難了，我都看不懂耶，你可以教教我嗎？」一個綁著兩根辮子、閃著無辜眼睛裝清純的大一學妹，嗲聲嗲氣的說。

「助教，是我，昨天賴給你問題的那個青青學妹，你說，今天會先告訴我答案的。」

青青？菜菜還差不多。看那褲子上的破洞，內褲都快露出來了，還不趕快回家叫妳老母補一補。

「助教……」

沒等下一個白目學妹發問，看不下去的郝寶貝直接走進辦公室，將圍在趙明佳身邊的那一群花痴都推開，然後把買來的便當，重重放在他的辦公桌上，「你要的雞腿便當。」

看到便當的趙明佳這才趕緊抬頭，一見是郝寶貝，不禁訝異問道：「不是說好要一起吃午餐的嗎？」難得喬到兩個人都有空檔。

「你這麼忙……」瞇著眼睛的郝寶貝環顧一圈，「還有時間和我一起吃嗎？」

幾個學妹見郝寶貝的臉色難看，有的不以為然的從鼻孔裡哼氣，有的甚至轉頭假裝沒看到。

「有，有有有，再忙，也要和妳一起吃。」趙明佳收拾起桌上的文件，不忘起來向學妹們致歉，「同學，不好意思！我要和……呃，朋友吃飯，妳們的問題我會儘快用賴回，妳們就不用再過來找我了。」

「可是助教，我的問題沒辦法用賴回耶。」辮子學妹拉住趙明佳的左手，死皮賴臉的扭著腰說。

「對啊！助教，你答應今天要給我答覆的。」破褲子學妹也拉上他的另一隻手。

「助教……」剩下的幾個學妹，一起扭腰擺臀的發起嗲來。

「靠！這些學妹簡直視我為無物，看來不給她們一點顏色瞧瞧，還以為我郝寶貝是吃素的。」捲起袖子的郝寶貝向前大跨一步，左推裝清純的辮子學妹，右扯那個青青菜菜，並擋在趙明佳的面前吼道：「別再教教教了，現在是中午休息時間，助教要吃飯，都給我滾。」

「呿！什麼嘛，一個送便當的阿姨，也跟我們搶男人。」一臉不甘心的破褲子學妹，還在嘀嘀咕咕。

「阿姨？妳居然說我是阿姨！」掄起拳頭的郝寶貝，眼看著就要伸手揍過去。

「她是妳們的學姐，大家以後要尊稱她一聲學姐。」趙明佳見郝寶貝變臉，一股怒氣就要發作，趕緊賠笑緩和。

「呿！我才不屑有這種白目學妹。」郝寶貝扭頭。

「我也不承認有她這種學姐。」學妹們異口同聲。

「別吵了。現在是休息時間，助教是人，也需要去吃飯，妳們下午等著收訊息就好，別再來了。」趙明佳見氣氛越來越僵，索性拿起便當，頭也不回的拉著郝寶貝，快步走出辦公室。

因為過了用餐時間，餐廳裡只剩下零零落落的幾個學生，還在喝著飲料打屁聊天，打菜的阿伯知道郝寶貝肉吃得少，多給了她一份蒸蛋，好補充營養。

「肚子餓了吧？來，吃點腿肉。」趙明佳夾起便當裡的雞腿，剃掉骨頭和雞皮，然後把最大塊的腿肉放到郝寶貝的餐盤裡。

「都說了我不要吃太多肉。」還在生悶氣的郝寶貝，又把腿肉夾還給他，「都已經被當成阿姨了，還吃肉，肥死我。」

「那……蝦子給妳，我自己都是蝦子了，不能吃同類，啊哈哈哈。」趙明佳年紀大了，說笑話的功力也退步了。

「呿！裝不出來就別裝，笑得實在很難看。」郝寶貝毫不留情的打臉。

沒辦法，青春一去不復返了啊！

「下個月就是校慶活動了，妳們行政那邊應該都很忙吧？」

「嗯，還好，我手上的都是校內的聯絡項目，用賴通知一下就完了。」郝寶貝都做這麼多年了，再複雜的工作也能處理得得心應手。

「哦！」趙明佳輕輕回了一聲，並將剝好殼的蝦肉放進郝寶貝的餐盤。

難得有機會一起吃飯，可是趙明佳卻沒像平時追問郝寶貝通知得怎樣，顯得有些異常安靜。

有鬼！

「是不是要趕緊回去幫學妹解答，所以懶得跟我聊天了？」吃起醋的郝寶貝，怒眼圓瞪。

「沒有，不是。」揮動五指的趙明佳，連忙將剛塞進嘴巴裡的腿肉一口吞下。

「不是才有鬼，學妹在我面前都敢和你勾肩搭背了，誰知道背後是不是還主動投懷送抱。」

「哈哈，妳想太多了，我……我真的沒有。」被瞪得一臉心虛的趙明佳，搖得頭都快掉了，急得臉紅脖子粗。

認識趙明佳十幾年的郝寶貝，當然看得出，他是真的沒有和那些學妹搞不軌行為，但又忍不住喜歡酸他幾句。

以前，郝寶貝只覺得趙明佳就像她的跟屁蟲，整天形影不離，讓人覺得煩。但現在看著那些年輕貌美又白目的學妹，一個個像餓虎撲羊似的纏著趙明佳，郝寶貝的心裡說有多不爽快，就有多不爽快。

趙明佳說帥也沒多帥，不過就是成績好，人勤快，所以教授欣賞，人緣佳而已。

兩個人又低頭吃了一會兒，趙明佳這才打破沉默。

「聽說，路西法要回來了。」說完話的趙明佳，偷偷看了眼震驚的郝寶貝。

路西法！這個在她日記本裡，已經被撕掉好幾年的名字，居然又回來了。

好不容易修復的心臟又開始不受控制的猛烈跳動，可是，郝寶貝還是在趙明佳面前，假裝得若無其事。

「……」

「學校聽說他把香港的公司經營的有聲有色，還被雜誌推舉為最有潛力的CEO，就邀請他回臺，要頒給他傑出校友獎。」

「那很好啊！」郝寶貝扒著餐盤裡的飯，可是，眼睛卻越來越酸，視力也越來越模糊，這不是好現象，她趕緊從包包裡拿出面紙，假裝擤了擤鼻涕。

「寶貝……」

「這豆腐有點辣，嗆到我了。」郝寶貝用筷子把餐盤裡的代罪羔羊撥到一邊，可也沒胃口再吃了。

「因為妳負責校刊印製，所以，我提早告訴妳一聲。」

「嗯，然後呢？」郝寶貝挑著飯，一粒一口，索然無味的吃著。

「妳……還會想見他嗎？」趙明佳小心翼翼的問道。

還會想見他嗎？

還會想見他嗎？

還會想見他嗎？

因為很掙扎，郝寶貝在心裡問了自己三次。

「不會，我跟他又不熟。」

其實，受邀回臺灣接受傑出校友獎的事，是路西法告訴趙明佳的。

趙明佳自從接了臺灣分公司的財務會計工作後，和路西法之前的隔閡，就在日漸熟稔的工作配合中淡化掉了。每年寒、暑假，路西法還讓趙明佳飛到香港總公司出差，不但讓他熟悉公司整體的運作模式，也讓他參與公司的財務規劃。

小阿姨王雅菲非常欣賞趙家兩兄弟，直稱讚趙明師主外，趙明佳主內，是路西法在臺灣最得力的左右手。

趙明佳大學畢業那年，路西法曾親自飛到臺灣，為的就是說服趙明佳到香港幫他，可被趙明佳以繼續攻讀研究所的理由拒絕。但是今年，趙明佳研究所也將要畢業，路西法更是早早就談好，他未來到香港的工作和薪資。

經過這幾年港、臺兩地跑的磨練，趙明佳已經是個成熟的社會人士，他知道以自己的能力，絕對有把握勝任路西法賦予他的職務和挑戰。

臺灣分公司在趙明師的努力衝刺下，雖然訂單應接不暇，但是規模依然遠遠比不上總公司。再加上，香港畢竟是世界級的金融中心，對一個有抱負、有理想的年輕人而言，吸引力實在太大。

唯一讓趙明佳離不開臺灣的原因，就只有郝寶貝。

因為之前造成的誤解和傷害，趙明佳至今都不敢告訴郝寶貝，他在路西法的公司上班。可是畢業後，趙明佳就必須決定要不要到香港赴任，至少，他應該讓郝寶貝有點心理準備。

只是沒想到，郝寶貝到現在還無法原諒路西法。

但其實，嘴上說跟他不熟的郝寶貝，一顆心已經快跳到喉嚨了。對於這個她一見鍾情、暗戀許久，甚至差點為他跳進火坑的男神，郝寶貝就算在夢裡看到，都會開心的笑出來。

即使現實世界的路西法高傲又冷漠，還不惜玩弄她純潔的感情，但經過這幾年家庭的變故，職場朝九晚十的枯燥和無趣，也唯有路西法，能挑起郝寶貝心中沉澱已久的漣漪。

可曾經的傷害也不是說忘就可以忘得掉的，尤其在趙明佳面前，郝寶貝依舊得擺出一副銅牆鐵壁的樣子，來證明她對路西法早已不存在任何幻想。

心口不一的兩個人，因為無法坦誠的面對彼此，導致心結越來越難解得開。

一個月後，在校慶的活動典禮上，風光的頒給路西法這個傑出校友獎的殊榮。

有了路西法這個活招牌，為了吸引招生的校方廣發邀請函，使得新聞媒體蜂擁而至，把原本尚稱寬敞的禮堂，都給擠得水洩不通。

身為行政工作的一員，郝寶貝還以為自己有機會偷偷瞧上路西法一眼，誰知忙完招待工作後的她一來到禮堂，裡面早已經是人山人海、寸步難行了。

「怎麼這麼多人？我記得學校只有邀請幾家雜誌社來採訪而已啊！」眼睛瞪得超大的郝寶貝，不可思議的問向另一個行政人員高美宥。

「妳不知道啊！聽說陸總裁要來臺灣，香港和大陸許多新聞記者都特別飛過來，就是為了報導他的事。」

「為了報導他的事？什麼事？」每天忙到沒力氣八卦的郝寶貝，根本狀況外。

「吼！我們學校這麼有名的風雲人物，妳居然都沒有在發摟。」神祕兮兮的高美宥，貼近郝寶貝的耳朵小聲說道：「聽說陸總裁在我們學校就讀時，曾和好幾個富家千金鬧過緋聞，這些記者就是要來求證的。」

「不……不會吧！那都多久以前的事了，況且大家都畢業了，怎麼可能查得到？」曾經也是緋聞女主的郝寶貝，不由自主的拿起文件，遮住自己的臉。

「怎麼查不到？聽說陸總裁這次來臺灣，不但要視察臺灣分公司的業務，而且還約了很多大老闆談生意，他以前的舊情人都是那些老闆的千金，搞不好會一起出席。」

「妳……妳怎麼知道得這麼清楚？」怪了，曾經身為路西法女友的郝寶貝，知道的都沒有高美宥多。

「八卦社記者說的啊！」揚揚眉的高美宥，頗為得意自己靈通的管道，「這次學校會發邀請函給媒體，也是八卦社社長建議的，等陸總裁的報導一登出來，我們學校出了名，就不怕招不到學生啦！」

原來如此！

想不到現在的大學生，已經進步到利用名人、媒體，來炒作新聞的程度了，真是可怕！

不對，要是路西法的緋聞被一一報了出來，那她豈不是也跟著出名了？

路西法會介意那些報導嗎？

他，還會記得郝寶貝嗎？

早上才剛頒完獎，中午各大媒體的電子版面，就大大寫著「香港最具潛力ＣＥＯ風光返臺」的新聞標題。

衝著這股總裁炫風，學校不僅安排學弟妹上臺獻花，還讓眾多系主任和校董與路西法餐敘，一下飛機就沒一刻空閒的路西法，直忙到半夜才回到飯店休息。

「怎麼樣？中東那邊的貨款什麼時候可以到？」手機放在桌上，脫掉一身繁重的路西法坐在沙發，喝著他今天的第一口水。

「貨到機場後馬上匯款。」手機螢幕顯示著熟悉的頭像，趙明佳卻看著電腦回話。

「訂金三成，出貨三成的錢已經轉到臺灣帳戶，我明天就發明細給香港。」

「嗯，這個客戶還算守信，付錢不囉嗦。」路西法鬆了口氣。

做生意最怕的就是收不到錢，尤其現在中東的局勢不穩定，萬一出了什麼狀況，可不是只有賠掉本金這麼簡單。

「放心，現在有臺北直飛杜拜的班機，我剛查了貨已經上飛機，預計明天早上就能到。」

「你辦事，我當然放心。」放下水杯的路西法一笑，「好幾個月不見了，什麼時候喝一杯？」

「老闆請客，我這個員工怎麼敢說不？」關掉電腦，面露輕鬆的趙明佳拿起手機，「只是你的行程排這麼滿，還抽得出空檔嗎？」

「交際應酬交給你哥就好了，那些人不過就是想趁機在新聞媒體搏版面，我幹嘛陪他們湊熱鬧？」

「真是不近人情。」趙明佳笑道：「要不是想搶個金龜婿回家，那些老闆也不用一個個搶破頭的約你吃飯。」

「哼！這種小道消息你也相信？」

「男大當婚，女大當嫁，況且，這些老闆的女兒你不都認識嗎？」

「認識不代表就合適，我們也認識。」

「我怎麼能和那些富家千金相提並論？我是男的啊！」

「男的又怎麼樣？愛情是不分年齡和性別的。」

略感訝異的趙明佳瞪大眼睛，沒想到路西法的愛情觀，這麼先進。

手機兩邊不約而同的靜默了。

「那個……你一定累了，我就不打擾你休息。」不知道該怎麼回話的趙明佳，索性結束這個話題。

「嗯。」掛掉賴的路西法閉上眼睛，仰頭嘆了口氣，直到隔天清晨的日光，再度喚醒了他。

以前路西法到臺灣都沒這麼搶手，但自從他的消息在雜誌上曝了光後，許多以前和他吃過飯、看過電影、逛過街的「女朋友們」，紛紛主動冒出頭。

舉凡路西法這幾天出入的飯店、餐廳，都可以看到這些女朋友陰魂不散的身影，而不管她們怎麼抓角度和路西法合拍，始終都有新聞媒體搶在前頭，讓她們的陰謀詭計無法得逞。

所以很快，大家就對這群緋聞製造者失去了興趣。

可沒多久，又有人向媒體宣稱，她和路西法已經有了婚約，而且，還在網路上公開兩人的親密照片。

據傳，爆料的女主是中國的富商千金，一年前去香港時認識了路西法，最近剛論及婚嫁，打算農曆年前結婚。

由於女方把兩人交往的經過講得鉅細靡遺，又有照片為證，搞得這個未經路西法證實的消息，馬上就在兩岸三地的網路上，炸開了鍋。

「什麼！路西法有未婚妻了？」剛拿著文件回到辦公室的郝寶貝，差點沒摔桌子。

「誰知道，會不會是哪個陸總裁的迷妹，自己作夢編出來的。」高美宥一臉不屑。

「可如果她不是路西法的未婚妻，這事情一公開，不就表示會馬上被打臉？而且，不是還有照片為證？」郝寶貝的心都開始淌血了。

「小姐，現在都什麼時代了，網路說什麼妳都信？」自信滿滿的高美宥指著螢幕說：「搞不好陸總裁很快就會發聲明稿，說這其實都是那些花痴製造出來的假消息。」

雖然，郝寶貝也希望這個消息不是真的，但過了一個下午，路西法還是沒有親自對外說明。更勁爆的是，居然有人因為這個消息，開網路直播打算跳樓輕生。

當然，這樣的鬧劇，很快就被即時趕到的員警給平息了。

看來，這次的路西法效應影響的不止是校園，而是已經擴展到整個商業界。

雖然香港到臺北的班機頻繁，但因為趙明師管理得當，路西法便把重心都放在歐美市場，所以，這次難得來一趟臺灣的他，才會打算待久一點。沒想到，平白無故惹出這麼多鬧劇。

臺北民生東路巷子裡的小酒館，黑白灰相間的外牆，把原本單調的平面，注入了深淺不一的色調變化。走進裡面，小小的黃色光束打在兩邊的大理石牆上，唯有錯落有致的金屬吊燈，讓木頭桌椅展現出自然的光澤感。

二樓為數不多的座位，坐著三三兩兩的酒客，喝著威士忌的路西法和啤酒的趙明佳，正吃著新鮮的奶油淡菜和煙燻鮭魚，閒話家常。

「你的個性還真是一點兒都沒變，網路謠言都傳成那樣了，你還置若罔聞。」喝下一口啤酒，趙明佳笑道。

「清者自清，反正時間到了，自然會證明真假。」路西法倒不以為意。

「可是照片呢？人家可是把你的半裸睡姿都上傳了。」

「那你要不要驗證一下，照片裡的人是不是我？」

「真的假的？怎麼驗證？」差點噗笑的趙明佳，饒富興味的問道。

「那還不簡單，回飯店我脫給你看，不就知道了。」喝下半杯威士忌，臉色微微發紅的路西法說。

「哈哈哈……」

雖然趙明佳沒當過兵，但他國、高中游泳課都是和男同學一起換泳褲，所以裸裎相見也不覺得有什麼。只是像路西法這樣的男神，脫光衣服的樣子光是想像就能迷死人，他可不想流鼻血。

「好笑？」一本正經的路西法轉頭問。

「不……不是的，再怎麼說，你都是我的大老闆，我怎麼敢……驗證你。」況且，趙明佳和路西法也沒熟到可以裸裎相見的程度。

「原來，你還是沒有把我當朋友。」淡淡的傷在心口漫開，路西法將杯子裡殘餘的酒一飲而盡。

「別這麼說，朋友也有分好幾種……」有些尷尬的趙明佳，急著解釋。

「那我是哪一種？」可路西法打斷他。

「……」哪一種，趙明佳一時也說不上來。

趙明佳一直很好奇，他和路西法彼此，似乎有著難以猜透的熟悉。

就像當初大家都無法理解，路西法和那群富家女看似交往，卻又不像真正交往的原因，可趙明佳卻可以直接聯想到，是與路西法未來總裁的身分有關，而路西法也經常一語道破，趙明佳對郝寶貝的縱容和痴等。

其實趙明佳早就想過，當年他揍路西法被郝寶貝看到的那一幕，應該是路西法一手設計的。因為，趙明佳遲遲不敢向郝寶貝表白，所以，路西法才會藉著那個機會，讓郝寶貝知道他的心意，也順便斷了郝寶貝對路西法的痴想。

可惜，郝寶貝並沒有因為路西法的離開，而改變對趙明佳的態度，她的心裡，依舊存著一個趙明佳無法解開的結。

反倒是路西法，這個與趙明佳隔著八百公里遠的大老闆，不但不計較他利用路西法討好郝寶貝，還給了他一份這麼有發展、有前景的事業。即便兩人幾個月才能見上一面，路西法依然可以在趙明佳面前，毫無遮掩的坦誠以對。

所以，對趙明佳而言，路西法是哪一種朋友呢？

「你都願意脫衣服給我看了，還能是哪一種朋友？」開懷一笑的趙明佳，伸手搭在路西法的肩膀。

路西法不說話，只是用那雙深邃的眼睛，等著趙明佳的回答。

「當然是很要好、很要好的朋友啊！」舉起酒杯的趙明佳，碰了路西法已經見底的杯子，然後一口乾掉。

緊握空杯子的路西法低下頭，抿了抿禁不住上揚的嘴角，露出這幾天來，難得真心的一抹微笑。

「咔嚓！咔嚓！」酒館裡，一棵裝飾樹後的小角落，一個戴著粗框眼鏡、鴨舌帽的男人，正拿著手機，朝路西法和趙明佳兩人的側臉和背影猛拍。

為了避免被別人打擾和趙明佳難得的聚會，路西法特別精心挑選，這間隱身在巷弄裡的小酒館，沒想到，還是被狗仔盯上了。

聊得正開心的兩人，根本沒發現行蹤已經曝光，甚至還被拍下許多照片。就連趙明佳也是到了隔天，才在學校的社群網路上，發現自己成了名人。

「香港總裁疑似來臺會基友」的聳動標題，還有路西法與趙明佳勾肩搭背、飲酒作樂、談笑風生的照片，迅速在各大網路媒體傳開。

因為角度關係，狗仔並沒有拍到趙明佳的正面，所以從眾多張照片裡，只能看到一個男人的手，搭在路西法的肩上，兩人甚至偶爾還會頭碰頭的靠在一起，感情狀似非常親密。還有幾張照片，是兩人坐計程車回到飯店，趙明佳勾著路西法的手，一起進電梯的畫面。

幸好，這些照片的主角都是路西法，所以趙明佳才沒有馬上曝光，可也因此，路西法來臺會基友的傳聞，變成學校裡的熱門話題。

「妳看到了嗎？陸總裁被爆料是gay。」一大早，高美宥就拉著郝寶貝，對這件事說個沒完。

「看到了，但，那不可能。」心裡一團亂的郝寶貝，直接否認。

「為什麼？」高美宥是前兩年才進學校，對郝寶貝和路西法的過去並不清楚。

「因為路西法的交往對象一直都是女生，從沒有出現過男的。再說，他……他怎麼可能是gay？」都快哭出來的郝寶貝說道。

「我可不這麼認為。」高美宥推了推她的無框眼鏡，莫測高深的分析起來。

「妳想想，那麼多女人都宣稱是路西法的女朋友，可他來臺灣這幾天，都沒和一個女的出去過。再說了，像他這麼帥的男人眼高於頂，能讓他看上的女人肯定不多。」

「那……那也不能找個男的啊！」

「都什麼時代了，還講求性別差異，我反而覺得喜歡就喜歡，同性、異性有什麼關係。」

天哪！郝寶貝從來不知道高美宥的想法這麼開放，難怪她一直沒有交男朋友。

咦！難不成……

「喂！別用那種有色眼光看我，我不是。」高美宥捲起公文夾，朝郝寶貝的手上用力打下去。

「啊！」被打痛的郝寶貝差點兒尖叫。

「不過妳也不用在那邊瞎猜，相信八卦社現在已經如火如荼的展開調查，過幾天，妳等著看社刊就好了。」

對吼！八卦社，郝寶貝不就當過八卦社的記者嗎？調查路西法這種事她又不是沒做過，再來一次肯定更駕輕就熟。

一想到年輕時的衝勁，郝寶貝全身都熱了起來，當下做出決定的她拿起厚厚的一疊公文，以最快的速度衝出辦公室。

為了證明路西法的清白，郝寶貝將再次扮演起偵探的角色，而這一次，她一定要將那個陷路西法為gay的男人給揪出來，並把事實的真相公諸於世。

冬季的臺北，依然冷得讓人直打哆嗦。

羽絨外套，毛帽，圍巾，包得像顆粽子的郝寶貝，守在路西法住的飯店門口，就等著他出門。可沒想到，打算在飯店堵人的，不止她一個。

所謂「人怕出名豬怕肥」，以郝寶貝兩年不純熟的記者經驗，那些戴著鴨舌帽、太陽眼鏡和黑色口罩，拿著手機鬼鬼祟祟、來回走動假裝路人的，肯定都是狗仔。這些人整天造謠生事，破壞路西法的名聲，真是人神共憤。

但郝寶貝忘了，當年，她還把路西法誤傳成鴨子呢。

既然，路西法會基友的照片傳得人人皆知，以他的性格應該會避開這些狗仔才對。

細想之下的郝寶貝決定棄守大門，跑到飯店後方的停車場出入口，守株待兔。

果然，西裝筆挺的路西法，一下電梯就直接從地下停車場，坐計程車出來。

郝寶貝抄下計程車車號，來到飯店前一招手，直接攔了另一部計程車就追了上去。

下班的車潮尚未完全退去，擁擠的臺北市區交通，讓郝寶貝輕易就跟上了路西法的車。忐忑的心，伴隨著一路的停停走走，終於來到這間號稱六星級酒店的門口。

抬頭看去，那充滿歐陸風格的建築，豪華的裝飾，還有服務人員親切的態度，不斷分散郝寶貝對路西法的注意力。

雖然，郝寶貝是偷偷的跟著路西法進來，但現在的她早已沒了學生時的青澀懵懂，在處處講究服務至上的這裡，越是畏首畏尾，越容易讓人懷疑。所以，穿得一身普通的她昂首闊步，大搖大擺的尾隨在路西法後面，登堂入室。

精緻奢華的宴會廳裡，已經有十幾個男男女女拿著酒杯，相互寒暄，其中還有不少外國人，他們一見路西法進去後，紛紛熱切的迎向前。

為免被發現，郝寶貝只好躲在置放餐點的隱密角落，窺視著路西法的一舉一動。可飢腸轆轆的她，實在受不了眼前美食的誘惑，很快便大快朵頤起來，直到晚上七點鐘響，她才滿足的摸摸自己的肚子，打了個飽嗝。

「喂！你看IG了沒？我猜，那個就是陸西華的基友。」

突然，兩個陌生男人的對話，傳進郝寶貝的耳朵。

「又沒拍到正面，你怎麼知道的？」

「髮型，身材。」一臉狡笑的高壯男，用下巴示意站在路西法身邊的那個人，「我說嘛！一個正常的男人，怎麼可能連個女人都不碰。」

「網路不是才爆出一個他的未婚妻嗎？」矮胖男人塞進一口蛋糕，問道。

「假的。我和陸西華交際應酬這麼多次，從沒見他身邊有過任何一個女人，就算去K房唱歌，他也從不點小姐。」

「是不是他那個阿姨王雅菲，管太嚴了？」

「出來混，你還讓你媽管嗎？」高壯男噗哧一笑，「而且陸西華有個怪癖，除了基本的握手禮節，他從不讓人碰他的身體，可那個男的居然搭上他的肩。」

「都說長得帥的男人怪癖多，果然一點都不錯。」矮胖男人喝下一口香檳，又轉身夾起更多蛋糕。

「公司的人還說，那個男的雖然不在香港上班，但只要他一去，陸西華一定推掉所有的行程作陪。」

「真的假的？難道，他比陸西華更有男人魅力？」被勾起興趣的矮胖男人踮起腳尖，努力朝路西法那個方向看去。

「樣子算不錯，但沒有我帥。」伸手摸摸自己下巴的高壯男，一臉自戀，「只是，沒想到陸西華的膽子這麼大，都被狗仔盯上了，還敢把這個小鮮肉帶出場。」

「長得比你好看多了，體格好，又有型，看起來還很文青。」努力踮起腳尖的矮胖男人，眼睛都快被定住了。

「好看有個屁用？像陸西華這種身分的男人，注定只能娶個富家千金聯姻。」低下頭的高壯男，若有所思。

「唉……可惜了。」矮胖男人嘆了口氣，默默將眼光從路西法身邊收回來。

到底是什麼樣的男人，這麼吸人眼球，連男人都忍不住要為他婉惜？

拿起餐巾紙的郝寶貝，遮住自己半張臉，慢慢將頭探了出來。

她看到路西法，一臉燦笑的將手搭在那個男人的肩上，而那個男人也回看他。

果然是一副很親密的樣子。

再往前走，郝寶貝看到另一個衣服穿著很眼熟的男人，好像經常看到。

咦！那不是趙明佳的哥哥趙明師嗎？他什麼時候也參加起這麼高級的聚會？

幾乎繞了快半個宴會廳的郝寶貝，終於走到路西法的另一邊，而那個男人剛好將酒杯遞給經過的服務人員。

「需要再來一杯嗎？」貼心的服務人員微笑問道。

「不用了，謝謝！」男人搖搖頭，然後轉身。

瞬時，見到男人廬山真面目的郝寶貝手一鬆，餐巾紙就掉了。

怎麼會是——趙明佳？

聚會直到晚上九點多才結束，路西法還得趁著回香港之前，和趙明師、趙明佳到飯店的酒吧，繼續未完的話題。

「所以，第四季的訂單成長約三成，剛剛那個中東客戶明天就可以和我們簽約，預估明年的營業額還可以再加二成。」趙明師滑著手機報告。

「估計你今年的紅利又可以領到不少。」路西法笑道。

「不容易啊！要不是總公司配合，恐怕這筆訂單還真接不到。」趙明師舉杯，向路西法致意。

「辛苦了。聽明佳說，你明年要結婚了？」路西法也回敬。

「是啊！房子買了，再不結，人家就要嫁給別人了，哈哈哈！」趙明師笑得一臉幸福。

「記得，喜酒算我一份。」

「沒問題沒問題，能請到總裁主婚是我的榮幸。」雖然趙明師和路西法的年紀一樣大，但畢竟人家是大老闆，拍個馬屁還是要的。

剛說完話，趙明師的手機就響了，接起電話的他講不到幾句，就向路西法表示得先離開。

「最近為了房子裝潢的事，哥忙得不可開交。」見趙明師匆匆走掉，趙明佳替他解釋。

「都快結婚的人了，難免的。」路西法喝下一口威士忌調酒，表示理解。

「昨天才差點兒喝醉，今天又喝，小心被謠傳成酒鬼。」趙明佳伸手搶過路西法手中的杯子，將水杯遞給他。

酒量已經訓練到爐火純青的路西法怎麼可能會醉，昨天的他只是……想感受一下被關懷的溫暖而已。

「學校裡的人，沒發現是你吧！」路西法有些擔心。

「沒，人家的目標是你，根本沒人看出是我。」趙明佳自嘲的哈笑。

「聽說，當年你考上T大，可為了郝寶貝放棄了。」

「沒有人規定考上名校就一定得去念，書是用來累積自己的知識，又不是讀來炫耀的。」

雖然有點訝異路西法去查自己的舊事，但趙明佳還是表現得很平靜。

「我還聽說，為了她，你甚至被父母趕出家門。」

「自立更生是每個男人的必經過程，我沒靠父母不也過得很好。」這件事只有哥清楚，應該是他說的吧！

「學校那麼多迷妹整天纏著你，這麼多年了，你居然對郝寶貝還是那麼堅持。」

「如果感情可以理性分析，那戀愛的人就不會瘋狂，失戀的人更不會覺得痛苦。」喝下一大口啤酒的趙明佳輕笑，「等你真正愛上一個人後，就可以理解我的感受了。」

「你怎麼知道，我沒有愛過人？」轉著水杯的路西法，淡淡說道。

「真的？我見過嗎？怎麼不介紹一下。」開心的趙明佳，又伸手拍了路西法的肩膀，見他一臉默然的回看自己後，頓時有些尷尬。

「應該……是很好的對象吧！」能讓路西法看上的女孩子，就算不是明星等級，至少也要才貌雙全，趙明佳是這麼想的。

可是，路西法沒有回答。

氣氛又陷入一種無法理解的凝結。

趙明佳不懂，路西法看似什麼都可以聊，可自己卻常常踩到他的地雷。就像現在，不說一句話的路西法，僅僅是用他那對褐色的眼睛看著，就讓趙明佳莫名的緊張心跳。

人帥還真是麻煩，連男人都會把持不住。

「明天我搭早班的飛機回去。」終於，路西法主動打破僵局。

「哦。」趙明佳看了下手機，十點多，好像也該回去了。

「再陪我去一個地方。」掏出信用卡的路西法，逕自走向櫃檯埋單。

「現在？」跟著站起來的趙明佳驚問。

付了錢的路西法穿上外套，沒等趙明佳回答，直接走出飯店，並伸手招了輛計程車。

趙明佳無法，只好跟著跳上車。

頂著凜冽山風和毛毛細雨，路西法在一處視野極佳的路邊下了車，趙明佳雖然不怕冷，但臺北的酸雨嚴重，帥總裁要是成了禿頭男，豈不是太掉漆了。體貼的他，把自己預備用的帽子給路西法戴上。

「昨天問你的事，考慮得怎樣？」過了好一會兒，路西法才開口。

「留在臺灣。」毫不猶豫的趙明佳，面向廣闊的臺北盆地說道：「有我和哥在這邊，你可以放心打天下。」

「我不要天下，我只想要你。」

當下愣住的趙明佳還以為自己聽錯了，這貌似連續劇裡的言情對話，差點兒讓他大笑。但這裡不是古代宮廷，說這句話的人也不是古代君王，趙明佳更不是古代嬪妃，路西法不會以為自己穿越了吧！

可眼前路西法的表情既嚴肅又凝重，完全不像在開玩笑，趙明佳只好抿嘴忍住，免得又惹大老闆生氣。

「網路上公開的那張照片，是真的。」路西法望著前方燦爛的美景，自顧自的說起，「那個女人是姨幫我找的對象，我跟她交往了一年，感情一直沒有進展。她爸爸為了促成我們的婚事，暗中收買公司的股東轉讓股權給他，並以此要脅我要在年底和他女兒結婚，否則，他就賤賣手上的股票讓公司倒。」

深吸口氣後，路西法繼續說：「為了不讓我爸媽辛苦創立的公司，落入別人的手裡，我和那個女人上了床，還讓她拍下同床共枕的照片。」

同樣望著前方的趙明佳有些驚訝，卻不敢看向路西法，他一直以為路西法這個總裁雖然高傲強勢，但也過得光鮮亮麗，可竟然還有這麼多不為人知的逼不得已。

「那個女人為了討好我，吵著要她爸爸把手上的股權讓出來，我花重金買通了她爸爸的祕書和律師，把要過給那個女人的股份，全都換成了姨。」

「蛤！這不會違法嗎？」這是趙明佳唯一擔心的。

「違法？哼！法律只保護夠強的人。」路西法冷哼。

「那，那個女人……」

「股權都拿到手了，我自然不用繼續跟她逢場作戲。」

「所以，她才會公開你們的照片？」

「公不公開無所謂，信者恆信，自稱我女朋友的人那麼多，也不差她一個。」路西法講得雲淡風輕。

的確，打從趙明佳四年前認識路西法到現在，他從沒有公開過自己的私生活。

無論是以前當學生時，和那些學姐的交往傳聞，還是被八卦社謠傳做鴨，甚至在成為雜誌封面人物後，一次又一次的緋聞報導，他都從不闢謠，也不解釋。因為沒有證據，久而久之，那些緋聞自然會被當成是女方的自導自演，而被網民所嘲笑和遺忘。

可趙明佳所認識的路西法，向來都是循規蹈矩的做生意，他知人善任、充分授權，所以才能在王雅菲的幫助下，用短短的幾年時間，讓原本瀕臨倒閉的公司重新振作起來。

即便兩人隔著臺灣海峽，但趙明佳一直都沒忘記，路西法為了公司犧牲自己的生活、飲食、休閒和娛樂時間，只為更快更順利的接手，他父母遺留下來的事業。

雖然，趙明佳並不認同那個女人的爸爸，為了逼婚而去收買公司股東的行為，但那個女人若不是真心喜歡路西法，又怎麼可能為了討好他，而落入路西法設的陷阱？

轉讀商研所的趙明佳也修過法律，知道收買律師，用偷天換日的方法轉讓股權是違法行為，若是當事人告發或提列證據，那路西法的形象不僅蕩然無存，還得面對偽造文書的法律責任。

這麼嚴重的事，他怎麼可以一副滿不在乎的樣子？

這和趙明佳所認識的路西法，完全不同。

「為什麼要告訴我這些？」

「因為我想知道，如果你發現我一個人孤軍奮戰的辛苦，會不會改變主意。」

「雖然，我現在才了解你要承受的壓力有這麼多，但公司目前的狀況穩定，你可以不用急，我和哥在臺灣一樣可以幫你。」

「我在臺灣開分公司的主要目的，不是為了訂單，不是為了擴展業務，完全是為了綁住你。」路西法回眸，又用那種撩動趙明佳心跳的眼神，凝視著他。

「說服你哥到公司，你為了幫他自然會留下來。聽說你因為郝寶貝而兼很多家教，我還捐了一筆錢給學校，條件是他們必須錄用郝寶貝為工讀生，好讓你沒有後顧之憂。這四年，我用盡所有的耐心和時間來等你，就是要你到香港跟我一起。」

感覺一記重拳打在腦袋上的趙明佳，不覺的把眼睛瞪得老大。

路西法他……

「哈！我承認在財務上，我比你學得多、懂得快，但還不至於讓你這個總裁，花這麼多心思……」

「趙明佳，四年前我就喜歡上你了，當年我會和郝寶貝在一起是為了激怒你，因為唯有用這種方法，才能讓你主動來找我。」

就算是告白，但這個驚嚇指數也太破錶了，連趙明佳這個鐵錚錚的男人，也被嚇得倒退好幾步。

「我當著郝寶貝的面拆穿你，就是想讓她誤會你，可沒想到你這麼不死心，還是執意要跟她在一起。」路西法伸手抓住趙明佳，讓他面對自己。

「感……感情這種事……」胸口一陣亂跳的趙明佳，一時間不知道該怎麼反應。

「感情如果可以理性分析，戀愛的人就不會瘋狂，失戀的人更不會覺得痛苦，是嗎？我愛了，所以理解你的感受，但是你理解過我的感受嗎？」

眼睛紅，鼻子紅，就連嘴脣都紅得要凝出血，趙明佳看著此時的路西法，就想到當時暈眩症發作的他，不禁心凜了下，「你……你別激動。」

趙明佳試著緩和路西法的情緒，可是他一點都不想控制，「知道我為什麼很少來臺灣嗎？明明兩地的班機那麼多，可我卻總是往歐美跑。因為我怕看到你，一看到你我就控制不了自己，控制不了愛你的衝動。」

個子高的路西法用力一扯，就將毫無防備的趙明佳給拉進懷裡。

他俯身，將自己炙熱的雙脣，狠狠的印在趙明佳的脣上。

完全狀況外的趙明佳瞪大眼睛，就這樣被路西法奪去了他的初吻。

兩脣相接的那一瞬，趙明佳就炸了，氣極的他奮力一推。

「你……你瘋了！」濡溼的脣上還留有灼熱的刺痛，趙明佳趕緊用手來回擦拭，點點血漬落在他的手背上。

雖然都是男人，但經常運動的趙明佳力氣大，路西法差點兒就被他推倒在地，幸好有路邊的護欄撐住。

「呵！我是瘋了，明知道你對我沒有那樣的感情，可我還是忍不住要告訴你。」咬了咬沾有血漬的脣，笑得心酸的路西法，用手撐著護欄站起來，「我曾經以為，只要精誠所至，哪怕是用全世界來換你，我也在所不惜。可是我太天真了，因為無論我怎麼等，都沒有辦法讓你看到我的真心。」

「那是因為我們都是男的。」趙明佳吼道：「就算你可以不在意，但不表示我也不在意。」

再次擦掉脣上的餘溫，憤憤的趙明佳轉身要逃，這才看見，躲在路燈旁那個熟悉的身影，

「寶……寶貝！」

為了窺探路西法來臺會基友的真相，郝寶貝一路從宴會廳跟到酒吧，再尾隨他們的計程車來到這裡，不想，卻意外的聽到這麼多不為人知的內幕。

當年，那個只會用嘴巴耍賤的趙明佳曾考上T大，卻為了她放棄不讀？她和趙明佳認識十幾年，還是鄰居們口中的青梅竹馬，趙明佳和她無所不談，可是，郝寶貝居然連他曾經考上T大這種事，都不知道。

還有，趙明佳為了她，被趙爸爸、趙媽媽趕出家門？

郝寶貝直到了大二，才發現趙明佳搬出來自己住，而被趕出家門的他，還整天對郝寶貝噓寒問暖，完全不像個沒家的孩子。

而路西法不僅在四年前就喜歡上趙明佳，還對他的事情瞭若指掌，這兩個人到底從什麼時

候開始，發展出這麼詭異的關係？

身為路西法的鐵粉，又是趙明佳戀慕多年的郝寶貝，就像個盲目的第三者，居然完全狀況外？

夜半後的雨，嘩啦嘩啦的下了起來，淋溼三個怔住無法動彈的人。

「寶貝，妳……什麼時候來的？」一股寒氣從腳底直竄了上來，趙明佳忍不住抖了下。

「還用問嗎？她一定是打從飯店就跟過來了。」挺直身板的路西法，拂去一身被拒絕後的狼狽。

見郝寶見不說話，趙明佳趕緊脫下外套，想替她遮雨，可她斜眼瞪著趙明佳，側身閃開了。

「寶貝，我……我們不是妳想的那樣。」面對這種解釋不清的狀況，趙明佳的心也急了。

她看到路西法吻他了嗎？

她聽到路西法說的那些話了嗎？

完蛋了，這比在學校被那群學妹糾纏還要嚴重。

「沒想到，這麼多年過去了，妳對我還是一樣鍥而不捨。」帶著幾分輕蔑的訕笑，路西法朝郝寶貝走了過去。

路西法的這一句話，猛然點醒了趙明佳，郝寶貝來不是因為他，而是——路西法。

可那天她明明說，不想再見到路西法。

雙拳緊握的趙明佳看向郝寶貝，就希望她能反駁路西法的話，但是，沒有。

「對，這全是我自己一廂情願，是我一直在暗戀趙明佳，妳不是不喜歡他嗎？那就讓給我啊！」

「夠了，路西法，你喝醉了，別再說了。」趙明佳伸手拉住。

沒錯！郝寶貝的確對路西法無法忘情，即使，他曾經那麼殘忍的踐踏她的感情，傷害她的自尊，可一聽到路西法和別人鬧緋聞，郝寶貝還是無法克制的跑來求證。

高美宥曾經說：像路西法這麼帥的男人眼高於頂，能讓他看上的女人肯定不多。

那時的郝寶貝，還不相信。

四年後的路西法還是那麼帥，那麼迷人，尤其是那一身的長大衣，將他高䠷的身材襯托得更加完美，美得令郝寶貝目不轉睛。

可就在剛才，路西法吻上趙明佳的那一刻，那震撼性的畫面像一道光，瞬時就把郝寶貝給劈醒了。她心目中的男神是自己幻想出來的，跟眼前的路西法，一點關係都沒有。

「誰說我不喜歡他的？」抬起下巴的郝寶貝走出燈影，直視高她一顆頭的路西法，「你這種自信又自戀的毛病，怎麼當上總裁了，還是一點兒都沒改？」

眼前的路西法一愣，似乎很訝異郝寶貝會說出這麼損他的話來。

「寶貝？」趙明佳的反應更誇張，他摸摸郝寶貝的頭，好確定她沒發燒。

露出一臉燦笑的郝寶貝，順便挽起趙明佳的手說道：「想來，我還真得感謝你施捨這個工讀生的工作給我，讓我可以近水樓臺的跟明蝦培養感情。」

面對郝寶貝突如其來的反差，趙明佳明知道是假的，但心裡卻覺得很暖。

但路西法冷哼一聲，不以為然。

「那張照片雖然沒有拍到明蝦的臉，但以我跟明蝦的交情，怎麼可能認不出來？我之所以偷偷跟過來，只是想知道明蝦會怎麼拒絕你。」

「妳以為這麼說，我就會相信？妳有沒有把趙明佳放在眼裡，我看他的表情就知道。」路西法睨了身邊的趙明佳一眼，見他心虛的轉開了頭，不禁大笑，「哈哈哈！妳跟趙明佳有什麼交情？牽手，還是接吻？」

被識破偽裝的郝寶貝臉一紅，還差點兒被自己的口水給嗆到，「咳！你以為剛才那就是吻嗎？那麼粗魯，一點感情都沒有。」

就算沒有實戰經驗，電視、電影也看得夠多了，為了給路西法一點顏色瞧瞧，郝寶貝把心一橫，伸手拉下趙明佳的衣領，墊起腳尖，直接就朝他的嘴上親過去。

再次被強吻的趙明佳嚇得兩手懸空，不敢亂動，而路西法則瞪著郝寶貝，巴不得把她拆吞入腹，可郝寶貝卻像全身著了火一樣，手抖直冒汗。

一秒、二秒、三秒……直數過了十秒，差點斷氣的郝寶貝才鬆開趙明佳的脣。

呼……呼呼！

「怎……怎麼樣？這才叫接吻，你懂不懂？」舔舔溼潤的嘴脣，抬起下巴的郝寶貝再次向路西法嗆道。

見趙明佳那一臉的羞澀，明明就是第一次，可是他沒有推開郝寶貝，沒有怒罵她，沒有轉身就走，還一副滿足的幸福樣。

面色鐵青的路西法不發一語，憤憤的轉身離開。

「總裁，慢走，不送。」郝寶貝誇張的揮手，直等到路西法走遠後，她才慢慢的放下手來。

「那個……寶貝。」臉紅到耳根，高興得嘴角都要裂開的趙明佳，害羞的扯著郝寶貝的袖子。

「剛才我是故意激他的，你別在意。」瞬間降下音調的郝寶貝，淡淡的說道。

趙明佳的臉馬上就僵了，過了好一會兒，才不可思議的皺起眉。

「我……我只是氣不過，他那樣欺負你。」擦擦嘴巴，郝寶貝把方才趙明佳留下的餘溫抹掉。

見趙明佳低著頭不說話，心慌意亂的郝寶貝只好提腳落跑，「太晚了，回家吧！」

「為什麼妳就是不能喜歡我？」趙明佳在她身後喊道，「這麼多年的相處，難道，妳對我真的一點感覺都沒有？」

一想到現在的趙明佳，像剛剛的路西法卑微的祈求，郝寶貝的心裡不由感到一陣抽痛，

「我們之間，不是那個問題。」

「那是什麼問題，妳告訴我，我馬上改。」

「沒辦法改。」雨水淋在郝寶貝的臉上，將她剛才的火熱全都澆熄，「你天生沒有一張迷倒眾生的臉，而我卻是外貌協會的，我只喜歡帥的男人。」

就算趙明佳重新投胎轉世，也無法和一個擁有優良基因的男神爭長短，這是先天的不公平，即使，他用盡洪荒之力也無力回天。

「妳說謊，妳剛剛不也唾棄路西法嗎？」

「那是因為我現在才知道他不喜歡女人。」

郝寶貝曾花了那麼多時間，那麼多心思，不惜拋下自尊、臉面，把路西法的身家背景，一舉一動調查得一清二楚，為的就是能更了解路西法的興趣，更接近路西法的喜好。

可是，她居然那麼遲鈍，那麼白目，沒發現路西法排斥她的原因，居然是因為——他根本不喜歡女人。

「路西法說他四年前就開始喜歡上你了，四年，這四年你們一直有在聯絡，而我卻像個白痴，還被你耍得團團轉。」

「寶貝，妳……妳聽我解釋。」看著郝寶貝傷心落淚，趙明佳的心更慌了。

其實，趙明佳也是到了今天，才知道路西法對他有這樣的想法，如果他早一點發現，一定會斷了路西法的念頭，絕不會讓今天的狀況發生。

「我沒瞎，也不是聾子，況且路西法解釋得已經夠清楚了，你不用再白費口舌。」視線漸漸被雨水澆得模糊，郝寶貝抹掉一臉的微鹹，頭也不回的離開。

冬天的雨那樣的冷，可卻比不上，趙明佳此刻即將凍結成冰的心。

看著郝寶貝的身影漸漸遠去，嚴重的挫敗感，讓原本以為還有希望的趙明佳，再次跌到谷底。

第十章　情侶關係

這幾年趙明佳對郝寶貝的好，早已是別人眼中的準情侶關係，而且，趙明佳也曾對郝寶貝表明過心意，可是，為什麼郝寶貝就是無法接受他呢？

這就要回到郝寶貝國三的那一年。

雖然郝、趙兩家看似交好，但出自醫生世家的趙媽媽，一直瞧不起當工程師的郝爸爸，也嫌棄喜歡東家長、西家短，整日不務正業的郝媽媽。可無論趙媽媽給趙明佳多少課業壓力，如何出言嚇阻他，都無法阻止兒子天天往郝家跑的事實。

為了避免郝家影響到兒子的將來，趙媽媽只好直接對郝寶貝出手。

趁著晚上趙明佳補習，趙媽媽便將郝寶貝約了出來，「寶貝啊！聽說妳這學期名次又掉了，這樣怎麼能考上好的高中呢？」

「呃……是掉了一點。」十指都絞在一起的郝寶貝，羞愧的低下頭。

趙媽媽是怎麼知道她名次掉了？肯定是趙明佳告訴她的。

「我們明佳那麼努力的教，妳怎麼一點兒長進都沒有？」嘆了口氣的趙媽媽不理會郝寶貝受傷的心，自顧自的說，「明佳為了幫妳補習，每天作業都寫到三更半夜，補習班老師說他最近上課不專心，都在想別的事。」
「……」
見郝寶貝不說話，趙媽媽繼續叨唸，「我知道妳的成績不好，但每個人天分不同，妳不能老是把我們明佳拖下水。我們明佳將來是要上建中，要考T大的，妳要有自知之明，不要老是纏著明佳不放，知道嗎？」
什麼自知之明？
什麼纏著不放？
明明都是趙明佳自己來找她的。
「嗯。」咬緊牙關的郝寶貝微微點頭。
「知道就好。」轉身正要離開的趙媽媽，突然停下腳步，回頭笑道：「我們明佳心腸好，知道妳爸爸賺的那點錢付不起補習費，才會主動幫妳，妳可不要因為趙媽媽來提醒妳，就小心眼去找他告狀哦！」
「嗯。」一股酸液，瞬間就湧上了郝寶貝的眼眶。
忍住即將掉下來的淚水，郝寶貝努力吸住鼻腔，就是不想在趙媽媽的面前被擊垮。
爸爸錢賺得不多不是他的錯，為了負擔家計，爸爸放棄升學的機會而選擇半工半讀，才會因為學歷只能幹到工程師的職位。如果爺爺、奶奶是有錢人，搞不好擅長開發新產品的爸爸早就開公司，自己當老闆了，何必委屈做一個朝七晚十的工程師。
可是郝寶貝沒有解釋，也不需要解釋，一個只會從外表評斷人的人，沒有向對方解釋的必要。

此後，為了躲開趙明佳，郝寶貝不僅選擇私立高中就讀，並且離家住校。雖然，她爸媽得因此貸款來付學費，但郝寶貝發誓一定要考上好的大學，不再讓別人瞧不起她。

可一年後的暑假，身心俱疲的郝寶貝，抵不過每天三餐傳笑話逗她開心的趙明佳，兩個人又言歸於好，但郝寶貝的心裡，仍對趙媽媽的話耿耿於懷。

為了報復趙媽媽，腹黑的郝寶貝，便把對她言聽計從的趙明佳當成工具人使用，並且警告自己，她很有自知之明，絕不會因為趙明佳的喜歡，就愛上他。

可惜，苦苦守候十幾年的趙明佳，永遠都不會知道郝寶貝拒絕他的理由，竟是源自於自己的親生母親。

☆　☆　☆　☆　☆

被路西法強吻後的隔天一早，趙明佳就向哥哥遞出辭呈。

雖然，趙明佳一直都是以兼職的身分為公司作帳，但因為路西法的信任，他同時也兼任香港財務稽核的工作，他的辭職，自然會引起一些不必要的人事變動。

為了讓哥哥提前應對，趙明佳才會事先提出，可趙明師，卻是第一個反對的。

「為什麼？那天陸西華還跟我說，等你畢業後，要讓你到香港總公司任職。」

「我只是覺得在這裡待太久了，想換個環境挑戰看看。」趙明師成家在即，而且又剛升任為公司的總經理，為免引起哥哥對路西法的反感，趙明佳自然不能說出自己離職的真正原因。

「挑戰？等你把香港公司的財務坐穩了，再來考慮換個環境挑戰這個問題。」趙明師馬上就打臉弟弟，「說吧！到底是什麼原因？」

「……」

見弟弟不說話，趙明師嘆了口氣，有些生氣的罵道：「又是為了那個郝寶貝？」

「不是，不關她的事。」

「除了她，還有誰能讓你離不開臺灣？」氣到拍桌的趙明師站了起來，「都說天涯何處無芳草？為了她，你拒絕了多少合適的好女孩，到現在連個女朋友都沒交過，難道，你連自己的前途也要葬送掉嗎？」

「哥，都說了不關她的事。」趙明佳也動氣了，「離職這件事是我自己的決定，我……我已經想好了，畢業後就出國開開眼界，你也不希望我一直偏安於一家公司吧？」

「香港還不夠讓你的眼界放寬嗎？跨國總公司的財務長還不夠有挑戰嗎？有哪一家公司的老闆，能讓一個碩士畢業生掌管整個集團的財務？又有哪個老闆，可以無限支持你對事業的發展和抱負？」

「我就是不想靠著這種關係工作。」趙明佳喊道，「我自己的前途我自己闖，我不相信憑我這幾年的努力，還討不到一口飯吃。」

「意思是，你要過河拆橋。」

面對哥哥殘忍的質疑，瞪大眼睛的趙明佳，一臉的不可置信。

雖然趙明師知道弟弟沒有這種想法，但人言可畏，不能不防，「臺灣和香港總公司的員工，都知道你是陸西華長期培養的愛將，對你的信任堪比王雅菲，你一旦出走，就形同背叛陸西華。試問，有哪個老闆敢把公司的財務，交給你這樣的人？」

「我不過是兼職，又沒有跟公司簽什麼保密協定，再說了，我又不像你和路西法這麼有名，誰會去查？」趙明佳不以為然。

都說趙明佳終究還是個學生，根本不了解同業之間的流言蜚語，往往比事實更傷人，搖搖頭的趙明師嘆道：「一般公司在錄用重要幹部或財務人員時，都會去查應徵者在前一家公司的離職原因，為的就是避免重蹈覆轍。雖然，你自認是想靠自己的實力才會出走，可公司的員工會怎麼講？你應徵的公司，又會怎麼看你呢？」

「難道除了這家公司，我再也無處可去了嗎？」路西法果然聰明，在趙明佳全然不知的狀況下，就已經將他牢牢的綁住。

「至少目前是。」方法當然有，但是趙明師不會告訴弟弟，「離你畢業還有幾個月時間，我可以跟陸西華說你要專心寫論文，去香港的事等以後再說。」

「可是我……我真的不想再待下去。」一想到日後，還是有可能再見到路西法，趙明佳就覺得尷尬得快要死掉。

「你坦白告訴我，你跟陸西華之間，是不是發生了什麼？」趙明師直白問道。

「沒……沒有。」趙明佳果斷回答。

「早上我看你那件外套一整個還在滴水，可見昨晚你淋雨淋很久。」趙明師走到弟弟面前，直視他，「我走後，你們去了哪裡？又談了什麼？」

「你……你別問。」耳根一陣發燙的趙明佳轉身就要走，卻被哥哥一把拉住。

「陸西華是不是喜歡你？他跟你表白了？」

早在四年前，趙明師就發現陸西華對弟弟的態度，很不一樣，尤其是拿磁扣和錄音筆還給陸西華的那次，陸西華的表情就好像落進冰窖裡一樣，冷得嚇人。

趙明師還記得陸西華曾說：趙明佳食言而肥，就不要怪他沒有成人之美。而後沒多久，陸西華就破例和郝寶貝，公然在學校出雙入對。

趙明師一直以為，男人間的吵架睡一覺就忘了，又或者，等到陸西華畢業後離開臺灣，這件事就可以不了了之。但沒想到，小肚雞腸的陸西華，居然會利用郝寶貝來刺激趙明佳。

身為八卦社社長，情侶間爭風吃醋的花樣和手段，趙明師見得多了，陸西華再怎麼聰明，利用郝寶貝來報復趙明佳這種小把戲，趙明師一眼就能視破。

可就算趙明師的心裡曾有那麼一點點質疑，但面對陸西華這樣的風雲人物，人人稱羨的俊美男神，又是集團公司的總裁，他怎麼都沒想到，居然會看上自己那個吊兒郎當的弟弟。

面對哥哥一針見血的提問，趙明佳簡直想鑽個地洞躲進去。原來，路西法對他的態度已經明顯到連哥哥都看得出來，而他這個當事人，居然一點都沒有察覺？

「哥既然知道，就應該早點提醒我，怎麼還勸我繼續留在公司。」趙明佳又羞又惱。

面對弟弟的坦然，趙明師先是一愣，而後搖搖頭，「要不是你臉紅，嘴脣上又破了個洞，我又怎麼會猜到這一層？」

趙明佳一手摀住嘴巴，一手摸摸自己的臉和耳朵，果然好燙，氣得想大罵的趙明佳果斷說道：「所以，我才更要離職。」

「跟著香港最有潛力的CEO打天下，還能成為他最得力的助手，甚至掌管一家跨國企業的財務，這可不是人人都有的機會。」

「就算有那個機會，那也是因為路西法的私心，不是我真正的實力。」

「依你這麼說，我也是因為你，才坐上臺灣分公司總經理這個位子，難道，這不是我真正的實力？」

「不，不是這樣的。」趙明佳急著解釋。

趙明師拍拍弟弟的肩膀，說道：「就算你是匹千里馬，也要有能識出你能力的伯樂，與其當個小弟任老鳥壓榨、欺負，被慣老闆操到爆肝卻只能領微薄的薪水，還不如跟著一個充分授權的主管，發展你的長才。」

「可是……」

「陸西華就算喜歡你又怎樣？他又不能把你綁回家。再說，以你的聰明才智，難道會一直任由他擺佈？」

「哥的意思是……」

「雖然性別與感情無關，但既然你不願意，以他的個性，也勉強不了你，不如你就等以後混出個名堂，再考慮離開公司這件事。」

「可是，我不想跟他再見面了。」一想到被強吻時的羞憤和屈辱，趙明佳就恨不得狠狠的揍上路西法幾拳。

「公歸公，私歸私，只要是在公開場合，你還怕他把你給吃了不成？」趙明師畢竟年長弟弟兩歲，訓起話來理性很多。

「……」

可趙明佳不止被吃，還被咬，發起狂的路西法根本和瘋狗差不多。

「好啦好啦！大不了有陸西華在的場合，我一定跟在你旁邊，這樣總可以了吧？」見弟弟臉又紅了起來，趙明師還真難想像，昨晚兩個人是有多激情。

「你說的，不能騙我。」雖然不滿意，但這似乎是目前最好的方法。

「趕緊去交個女朋友，你動不動就臉紅的毛病，要別人不猜到你跟陸西華有姦情都很難。」

「哥……」趙明佳跳腳。

跳腳歸跳腳，回到學校的趙明佳，第一個想到的就是郝寶貝。

雖然，郝寶貝昨天對趙明佳的態度是那樣的狠心絕情，可他還是擔心郝寶貝會為了路西法的事而傷心難過。

趙明佳很清楚，郝寶貝是為了路西法才會跟到那裡，而不是她口中所說，是為了看趙明佳怎麼拒絕路西法。

一想到這裡，趙明佳更覺得心酸，原來，郝寶貝還是一直把路西法藏在心裡，一直都是。

黯然的走進學校，幾個不畏風寒，穿著短褲、迷你裙的學妹，熱情的向趙明佳猛招手，但他除了苦笑，已經沒有多餘的心情再去回應和理會。

輾轉來到辦公室門口，趙明佳還在猶豫著要如何跟郝寶貝開口時，她已經一臉著急的跑了出來。

「你去哪裡了？我叩了你幾十通都沒回。」急的直跺腳的郝寶貝，看到趙明佳就開罵。

「昨晚手機忘了充電，所以沒開。」趙明佳還以為郝寶貝不會再理他了呢，「妳……找我？」

「找你，還有社長。」雖然畢業多年，但郝寶貝對趙明師的稱謂一直沒有改變。

沒等趙明佳再次發問，郝寶貝拉著他的手就往外跑，「你爸進醫院了，現在還在加護病房急救，我剛已經通知社長先過去了。」

「我爸？他……怎麼可能？」趙明佳一邊跑一邊問，「爸爸的身體向來健康，況且他自己就是醫生，怎麼會搞到住院？」

「聽說是心肌梗塞，早上還沒出門就昏倒，然後就被送到醫院去了。」

「嚴重嗎？現在怎麼樣了？」

「詳細情形我也不清楚，等到了醫院你再問。」

步出校門的兩人趕緊招了輛計程車，直奔醫院而去。

兩人來到加護病房外，但見一個個焦急等候的家屬不是臉色蒼白，就是頂著一雙熊貓眼，甚至眼裡布滿紅絲，看起來既疲憊又憔悴。

心急如焚的趙明佳，在小小的等候室裡到處張望，始終沒有看到哥哥和媽媽，他連忙撥手機找人，可趙明師的手機也一直通話中。

「怎麼辦？都找不到人。」急得眼眶都紅起來的趙明佳哽咽。

「他們在那裡。」眼尖的郝寶貝，指向樓梯間的兩個人影。

趙明佳趕緊上前，見媽媽無力的趴在哥哥的肩上，低聲啜泣，而哥哥則一手拿著手機，一手拍著趙媽媽略顯佝僂的背，安撫著。

趙明佳自從大一離家後，就沒有這麼近距離的看過自己的媽媽。

因為經常去接郝寶貝上學，趙明佳偶爾會看到一起出門上班的爸媽，但礙於面子，他始終都是遠遠的看著，不敢讓他們發現自己就在附近。

大學畢業後，一直忙於工作、課業和助教的趙明佳，也不再接送郝寶貝，自然而然就少了窺探爸媽生活的機會，沒想到再次見到他們，居然會是這種狀況。

「哥。」趙明佳輕輕叫了聲尚在電話中的趙明師，才敢把眼神投向自己的媽媽。

原本掩嘴哭泣的趙媽媽，一聽是小兒子的聲音，馬上就抬起了頭，身心俱疲的她又喜又悲，「明佳。」

「媽。」趙明佳低著頭，羞愧的朝趙媽媽走過去。

「明佳，你爸爸他，嗚……要是丟下我一個人要怎麼辦啊！」見到小兒子的趙媽媽再也忍不住傷心，拉著趙明佳的衣服，嚎啕大哭。

「媽，不會的，爸還那麼年輕，他……他不會有事的。」手足無措的趙明佳抱著媽媽，眼淚也跟著掉下來。

「我早跟他說不要那麼拚命，可他總是說醫生的責任就是要救治病人，前幾天你爸感冒，連藥都沒吃就趕著去開刀……」哭得渾身無力的趙媽媽扶著趙明佳，一邊哽咽一邊數落自己的丈夫。

「昨天他和幾個醫生討論病情到凌晨，一早起床就說頭痛，我讓他在家休息，他說有一個病人急需要開刀，於是吃了顆止痛藥就打算出門，可沒想到……沒想到人就昏倒了。」

趙明佳從來都不知道，為了醫治病人，爸爸竟然連自己生病的身體都不顧。

他一直以為，只會對兩個兒子嚴格管教的爸爸，是個只懂得賺錢，根本不顧親情的工作狂，原來，是趙明佳誤會自己的爸爸了。

「樹欲靜而風不止，子欲養而親不待也。」離家多年的趙明佳，這才領悟到這句話的真諦，不禁悄悄的落下男兒淚。

而一旁剛講完電話的趙明師，則有些興奮的告訴趙媽媽：「高院長說他正在看爸的病歷，再半個小時就能到，讓我們別著急。」

「真的嗎？太好了。」擦擦眼淚的趙媽媽，終於不哭了。

高院長是趙爸爸的學長，且是心臟病學的權威，有他幫忙，趙媽媽也可以安一點心。

直到這一刻，趙明佳才發現一家人終究是一家人。

趙明師因為拒絕讓爸媽掌控他的生活，憤而離家，可在爸爸這麼危急，媽媽又這麼無助的情形下，他還是能冷靜、迅速的找到有力人士來幫忙。

「明佳，你帶媽去吃點東西，她到現在都還沒吃早餐。」趙明師跟弟弟說道。

「不用，我在這裡等高院長，況且你爸現在還在急救，萬一要找人……」

「媽，有我在，有事會叩妳的。」

趙明師只是想讓趙媽媽離開這裡，休息一下，她的情緒太激動也太緊繃，血壓很容易升高。現在爸爸已經倒了，他不能再讓媽媽也倒下。

「可是，你爸爸……」趙媽媽一刻都不敢離開，她怕。

「這樣吧！社長和明佳留下，我陪趙媽媽去吃點東西。」一直被無視的郝寶貝，主動開口。

趙媽媽愣了下，這才發現郝寶貝也在這裡。

其實，早上趙爸爸倒下的瞬間，驚慌失措的趙媽媽只顧著幫丈夫做CPR，根本沒有多餘的時間打119叫救護車。要不是趕著上班的郝爸爸聽到趙媽媽的哭喊聲，趕緊打電話呼救，恐怕不曉得要拖多久才能把人送到醫院。

到了醫院後又是一陣兵荒馬亂，趙媽媽看著面色發紫的丈夫毫無反應，寸步都不敢離開，匆忙上救護車的她也沒來得及帶手機，還是郝爸爸聯絡了郝寶貝，這才通知到趙家兄弟。

面對曾被自己嫌棄的郝家人，卻仗義的救了丈夫一命，趙媽媽不禁感到愧疚，「那，就讓寶貝跟我一起去，你們要守在這裡，高院長一到就馬上通知我，知道嗎？」

「媽放心，我和明佳會在這裡等著高院長來的。」趙明師用眼神向郝寶貝示意。

「走吧！」郝寶貝帶著趙媽媽，慢慢朝電梯走去。

「哥，爸現在怎麼樣？」怕媽媽受不了壓力，趙明佳直等到她們離開才敢問。

「現在插管，情況還算穩定，其他就要等高院長看過才能知道了。」趙明師的性格向來沉穩，可才五十幾歲，正值盛年的爸爸居然發生這種事，還是令他這個大兒子有些意想不到。

「插管會不會有什麼風險或後遺症？我記得，以前爸最不建議幫病人插管。」

插管是用一根接上呼吸機器的管子，經由口腔穿過喉嚨、聲門和聲帶，再進入氣管，用來幫助無法自行呼吸的病人進行急救。

插管雖然可以救命，但對病人而言，更是一種痛苦的折磨，因為管子會在氣管中磨擦到黏膜，是連一般的止痛藥都很難止得住的痛。況且，萬一趙爸爸從此昏迷不醒……

一股酸液再次湧上眼眶，趙明佳搖搖頭，不敢再繼續想下去。

「你放心，媽自己也是醫生，她敢讓爸插管，自然一定能讓爸醒過來。」趙明師這樣告訴弟弟，同時也努力說服自己。

他當初不應該離家的，至少，他要好好盯住爸爸不讓他亂吃藥，即使遇到這種危急狀況，也不至於讓媽媽一個女人家，孤單無助的面對。

現在的趙明師，雖然滿足了自己的選擇，還闖出一番令人稱羡的事業，可萬一爸爸走了，趙明師就連向父親證明自己的機會都沒有了。

「爸，我要向你證明，不讀好的學校一樣可以有一番成就，所以你一定要醒來，一定要。」仰頭的趙明師屏住呼吸，好抑止住那即將落下的懊悔。

郝寶貝和趙媽媽兩人，一路默默無語的來到醫院的地下美食街，因為不是用餐時間，所以人不多，郝寶貝讓趙媽媽去點餐，自己則找了個位置坐下。

接到郝爸爸的電話就衝出來，也沒來得及向學校請假，她得趕快請高美宥幫忙補寫一下假單，順便交辦那些沒做完的工作。

端著餐盤的趙媽媽見郝寶貝努力滑手機，也不知道該不該開口說話，只好坐在她旁邊，有一口沒一口的吃著。但是憂心丈夫病情的趙媽媽，怎麼也無法下嚥，於是看著桌上的飯菜傷心流淚。

請完假，交代好事情的郝寶貝，這才發現趙媽媽根本沒吃上幾口。

記得郝爸爸剛出事的時候，她和郝媽媽也是慌得六神無主，幸好有趙明佳出面安慰，又剛好遇到學校工讀生有缺，這才解了郝寶貝的燃眉之急。

雖然，郝寶貝至今才知，這一切都源自於路西法的鼎力相助。

「趙媽媽，趙爸爸平時身體健康，這應該只是急症，等醒來後就沒事了，您千萬要保重好身體，不要為趙爸爸過度擔心了。」家人重病的焦急心情郝寶貝能體會，但再多的安慰也僅能勸到表面，她只希望趙媽媽能放寬心。

「嗯。」趙媽媽含淚點點頭，又一口一口的吃起來。

過了好一會兒，趙媽媽才又開口。

「這次，多虧了妳爸爸幫忙，不然我一個人，實在是……」一想到自己曾經那樣歧視郝寶貝的爸爸，趙媽媽就深深的感到無地自容。

「都是鄰居，互相幫忙是應該的。」郝爸爸因為趕著上班，還特別交代郝寶貝一定要到醫院了解一下狀況。

「我曾經對妳說過那樣不堪的話，可妳還是……」

「趙媽媽，過去的事我早就忘了。明佳實在太不像話，明明就住在附近，怎麼可以這麼多年都不跟家裡聯絡呢？」

趙家兩兄弟相繼離家的事，郝爸爸也是今天聽趙媽媽說起才知道。

「是我把他逼得太緊。」忍不住拭淚的趙媽媽哽咽，「孩子有天分，當父母的只想讓他們考上醫學系，繼承我們的事業，可沒想到，他們居然會那麼抗拒，甚至不惜離家。」

生在這樣的家庭，果然很有壓力啊！

郝寶貝也為社長和趙明佳，感到婉惜。

「這六年來，我跟孩子的爸都不敢聊起他們兄弟倆，也不肯承認當初把孩子趕出門是錯誤的決定，明佳他爸沒日沒夜的工作，就是不想面對一個空蕩蕩又沒有親情溫暖的家。」

說到這裡的趙媽媽又哭了會兒，這才擦擦眼淚，看著郝寶貝，「其實，每次經過妳家門口，聽到妳跟妳媽在喊來喊去，我們都很羨慕，至少，有孩子的家才有溫度。」

呃……原來她和老媽在家裡的對話，大街上都聽得見。

那包括廁所沒紙，還有大便沒沖水的對話嗎？

好糗！

「趙媽媽放心，既然人回來了，就不會讓他們跑掉，我一定會說服社長和明佳回去住的。」郝寶貝打包票。

「謝謝，寶貝，謝謝妳！」趙媽媽又是感激又是高興的握住郝寶貝的手。

「啊！忘了告訴您，社長買房子了，正在裝潢，而且，聽說明年就要結婚了。」

「真的？」趙媽媽開心的眼睛都放亮了。

「搞不好不用半年，您就有孫子抱了。」郝寶貝又開始八卦。

「那麼快？」大兒子還不到三十歲，現在不僅買房、結婚，又馬上有小孩，他養得起嗎？

「不快，社長跟曉詩姐都愛情長跑十幾年了，這是有情人終成眷屬。」

李曉詩這個孩子趙媽媽認識，是大兒子國小的同班同學，沒想到搬家後，他們居然又在一起了。

偷偷瞄了眼郝寶貝，趙媽媽心裡不禁感嘆，她的兩個兒子到底是死心眼還是固執，怎麼不管她如何阻止，都無法將這兩對青梅竹馬給拆散呢？

經過高院長的協助，原本還昏迷不醒的趙爸爸，隔天就恢復了意識，再加上心導管手術進行得順利，被阻塞的血管也打通了，人總算脫離了危險。

可即使術後的恢復情況良好，但因為缺氧所引發的後遺症，還是對趙爸爸的心臟造成不可避免的傷害。幸好，趙爸爸平日的身體還算不錯，高院長叮囑，只要勤作復健，該休息的時候多休息，日常生活不會造成太大的困擾。

經歷這一番生死關頭，趙媽媽說什麼也不准老公再熬夜拚命了，畢竟，要顧病人的命，醫生得先顧好自己的命才行。

半個月後，獲准出院的趙爸爸在病房裡，和趙明師兄弟兩人僵持不下。

「都說了，現在看診時間人很多，你體力不濟，萬一電梯要等很久，或是被人擠來擠去跌倒，都很危險，坐輪椅比較安全。」趙明師講得火氣都上來了，但趙爸爸就是堅持不坐輪椅。

「爸，您就聽哥的，坐輪椅還可以從專用電梯下去，我們就可以早點回到家。」

「專用電梯是給病床用的，我還可以走，怎麼能占用住院病人的權益？」雙手環胸的趙爸爸不動如山。

「你現在還沒出院，也是住院病人，為什麼就不能用？」前幾天，才說服自己以後要好好照顧爸媽，但看到趙爸爸這麼頑固，趙明師馬上就後悔了。

「我懶得跟你講，叫你媽來。」

執拗的趙爸爸堅持，兩兄弟又不敢惹大病初癒的爸爸生氣，趙明佳只好去找辦理出院手續的趙媽媽。

「不用輪椅，我借了拐杖，方便走些。」趙媽媽拿著一把新拐杖進來。

趙爸爸盯著拐杖，猶豫了會兒，這才拿起拐杖，撐起自己略顯無力的雙腿。

見爸爸身體還不適應的晃了幾下，趙媽媽和趙明佳嚇得趕緊伸手扶住。

「不用，不就不習慣嗎?走兩步就好了。」拍掉好意的趙爸爸，挺起胸膛，大步的跨出病房。

看著爸爸搖搖晃晃的走出去，又好氣又好笑的趙明師，不禁罵道：「還是那麼死要面子。」然後，推著空輪椅還給護理站。

第十一章　我會負責

為了方便帶趙爸爸到醫院復健，暫停助教工作的趙明佳主動搬回老家，趙明師因為女朋友還是懷孕初期，不放心丟下她一個人，所以住在原處。

離家六年的小兒子一回來，趙媽媽就開始準備豐富的大餐，為了兼顧剛出院的趙爸爸，趙媽媽還另外準備一份少油、少鹽，營養又滿分的菜餚，並且邀請郝寶貝一家過來吃飯。

郝寶貝本來想打著加班的理由不去，但關心趙爸爸身體的郝爸爸，直說一定要過去看看，只好答應。

郝媽媽一聽說趙媽媽要請客，怕她一個人忙不過來，早早就去了趙家，待郝寶貝和爸爸一進門，差點就被眼前熱鬧的景象給嚇了一跳。因為除了趙明佳和他爸爸，社長也帶著他女朋友回來了，還有大力幫忙的高院長，以及趙爸爸醫院裡的同事們。

趙家雖不算小，但十幾個人同時塞進客廳裡，還是有些嚇人。

郝寶貝雖然跟趙明佳熟，但很少來他家，突然要跟這麼多不認識的人一起吃飯，實在彆扭，於是打算開溜。誰知，郝媽媽一看到女兒就像見到救星一樣，忙把她拉進廚房。

「幹嘛！」郝寶貝小聲喊道。

廚房已經堆滿色香味俱全的菜餚，香氣逼人，雖然郝寶貝被吸引得口水直流，但一想到客廳的那群陌生人，她就吞不下去。

「明師的女朋友懷孕不方便幫忙，妳端著這些菜到客廳，好招呼客人吃飯。」忙得沒空端菜的郝媽媽，認真說道。

「可是媽，我們也是客人啊！」嘟著嘴的郝寶貝不願意。

「都十幾年的老鄰居了，還客什麼人？」拿起一盤涼拌菜的郝媽媽推給女兒，「快去快去，別讓客人久等了。」

原來，趙媽媽找他們來是當幫手，根本不是請客，早知道就去學校加班。

一臉不甘願的郝寶貝，端著菜剛到客廳，就遇見趙明佳。

「妳來了？」客人太多，為免爸爸疲勞過度，趙明佳一直都在客廳裡陪著，所以沒注意到郝寶貝。

「嗯。」冷哼的郝寶貝沒多說，繼續往客廳送菜。

「妳是客人，怎麼好意思讓妳端菜？」趙明佳準備接手。

「廚房還有很多，你去拿裡面的。」

愣了下的趙明佳點點頭，趕緊進廚房幫忙。

「哎呀！學長好福氣，兩個兒子眼光這麼好，未來的媳婦肯定都很賢慧。」看到端菜的郝寶貝，趙爸爸的學弟直稱讚。

現在的年輕人大多不婚、不生，可趙家不僅馬上就要抱孫子，就連小兒子的女朋友都願意幫忙家事，真是難得。

雖然，趙爸爸已經從趙媽媽那邊聽到不少兒子們的事，但一講到「未來的媳婦」這字眼，還是讓他有點難接受。

研究所都沒畢業，結什麼婚？

「嗯咳！」因為不太有印象，所以趙爸爸特別睨了郝寶貝一眼。

很少參加這種親友聚會的郝寶貝，一聽到這話，臉馬上就紅了，急忙回廚房的她一轉身，差點就撞上端菜過來的趙明佳。

「你……你不看路的嗎？」差點就破口大罵的郝寶貝憋住氣。

「對不起！我沒想到妳會突然轉過來。」客人太多，趙明佳小聲道歉。

「還不再去端菜？」

「哦。」木訥的趙明佳放下菜，又跟在郝寶貝身後進了廚房。

客廳裡的長輩見這兩個孩子鬥嘴，不覺都哈哈笑了起來。

「家裡還是有孩子熱鬧些。」坐在趙爸爸身邊的高院長，感嘆道。

趙家兩兄弟出走的事，高院長曾聽學弟說起過，記得那時他還勸趙爸爸，要給孩子自己的空間，如果孩子願意回來，就不要太執著於當父母的面子。沒想到，這兩個孩子這麼有骨氣，直撐到現在才回家。

趙爸爸看著小兒子已然長大成人的背影，又瞧了眼大兒子身邊，那個穿著孕婦裝的女孩，心中一時百感交集。

「有能力、有醫德的醫生不容易養成，我一直認為，要是我的兒子從醫，我一定要好好教育他們，把病患的痛苦當成自己的痛苦，把病患的生命，當成自己親人的生命來救治。」

眼眶微溼的趙爸爸又嘆口氣，「每次一看到明明可以救活的病人，卻因為醫療人員的不足，而失去寶貴的救治時間，我就恨不得自己能一人抵十人用。」

高院長拍拍趙爸爸的肩膀，安慰道：「人各有命，有時歹活不如好死，在醫界這麼久了，你居然還這麼想不開。」

「唉！現在說這些也沒用了，只希望我還有機會能好起來，救一人是一人。」

「你自己又不是不清楚，心肌梗塞不是什麼大病，以你的年紀，恢復工作是絕對沒有問題的，只是，不能像以前一樣，揮霍無度的糟蹋身體了。」

趙爸爸點點頭，表示認同，

可就算是醫生，對無法預期的急症還是會有恐懼感的，這次的發病雖然提醒了趙爸爸要好好照顧身體，但也同時預告他，能再醫治病人的時間，不多了。

為了不打擾病人休息，大家飽餐一頓後，便揮手道別。

郝媽媽本來還想留下來幫忙洗碗，但被趙媽媽嚴詞婉拒，再加上趙明佳和趙明師兩兄弟一起整理，家裡很快就恢復了原狀。

客人一走，還在復原中的趙爸爸就被趕進房休息，趙明師也陪著女朋友回家，趙明佳為感謝郝媽媽和郝寶貝的幫忙，主動送他們回去。

晚風徐徐吹來，帶了點涼意，卻不覺得冷。

一直待在廚房的郝寶貝沒吃多少東西，所以，趙媽媽特別包了一隻雞腿，還有幾樣涼菜和炸物，讓她回家墊肚子。

面對趙媽媽這種一百八十度的態度轉變，郝寶貝心裡充滿了矛盾與掙扎。她知道是爸爸即時叫了救護車，才讓趙爸爸免於生命的危險，但不代表趙媽媽接受她家世不好的事實。

那，郝寶貝還在期待什麼？

一路上見郝寶貝面色凝重，趙明佳很不好意思的說道：「今天妳肯定累壞了，吃飽就早點休息吧！」

郝寶貝回看他一眼，問道：「當初，你真的是為了我離家？」

趙明佳沒想她會突然問起這件事，一時不知道該怎麼回答。

不惜離開從小到大的家，還有父母給予的一切，甚至得靠微薄家教費才能生活，趙明佳都要跟她在一起嗎？

郝寶貝愛哭又愛發脾氣，人懶長得又普通，家裡沒錢成績又不好，到底有什麼值得成績好、人緣佳的趙明佳這樣為她犧牲？

面對郝寶貝的質問，趙明佳本想像往常一樣，隨便敷衍兩句，可自從爸爸住院，媽媽對郝寶貝的態度改變很多，這是否也意味著，媽媽已經開始接受她了呢？

這幾年，追求郝寶貝的人偶爾也有，但在發現她跟趙明佳的感情後，都紛紛打起退堂鼓，無非是他們自認為在各種條件上，都比不上趙明佳的好。

既然沒有了阻礙，那麼趙明佳就更應該放手去追求郝寶貝才對，於是壯起膽子的他，再次表白，「對，就是因為妳。那天妳也聽到了，當年我考上T大，但為了跟妳讀同一所學校，才會被爸媽趕出家門。」

郝寶貝咬咬脣。

「可事實證明我值得。」感覺鬆了口氣的趙明佳，牽起郝寶貝的手，「如果當年我沒有用盡心機纏住路西法，搞不好，妳就真的跟他跑了。」

「意思是，你犧牲色相勾引路西法，好讓他討厭我？」原本一臉怒氣的郝寶貝，轉而勾起脣角。

「我沒有勾引他，我也不知道他喜歡的是男人。」趙明佳決定說出一切，「這幾年，我和哥雖然都在路西法的公司上班，但並不常見面。」

「你大學念的又不是財務，幹嘛幫他管錢？」

「哥修過財務，我好奇，順便學了些。」趙明佳刻意講得雲淡風輕，卻不想招來郝寶貝的一記白眼。

看看那些商學系的，整天抱著計算機打得要死要活，而趙明佳居然說：他只是好奇，順便學了些？

「所以，你跟路西法是近水樓臺，日久生情？」

「沒有，我只有寒、暑假才有機會見到他。」見郝寶貝瞪得眼珠子都快掉下來，趙明佳忙辯解，「他真的不常來臺灣。」

過了一會兒，沒好氣的郝寶貝才又開口，「那路西法看上的也應該是社長，怎麼會是你？社長比你斯文一百倍。」

「喂，妳有必要這麼損人嗎？」趙明佳只能陪笑。

「以後怎麼辦？你都這麼明白拒絕他了，路西法肯定會開除你吧！」一想到趙明佳當時推開路西法的狠勁，郝寶貝相信他是真的沒有喜歡上路西法。

「因為爸的事，我打算暫時停掉公司和學校的工作，其他的，就等畢業後再說。」哥說的不無道理，他如果現在離開路西法，肯定會招來公司員工的質疑和指責，而更令趙明佳擔心的是，路西法到底還有沒有隱藏什麼他不知道的事？

「路西法同意？」

不料郝寶貝會繼續追問，趙明佳只好回說：「都是哥處理的，應該沒問題。」

自從趙爸爸住院後，一心照顧爸媽的趙明佳就沒去過公司了，所以，趙明師如何向總公司申請停薪留職，結果又是如何，趙明佳的確不清楚。

可郝寶貝卻不這麼想。

就那天她所聽到的對話中，路西法對趙明佳的感情執著到可以用一切來換，即使趙明佳表明自己不愛男人，但並不表示路西法不能繼續愛他。

如果，路西法堅持不放棄趙明佳，那趙明佳又該如何讓自己全身而退？

☆ ☆ ☆ ☆ ☆

偌大的辦公室裡，正在開會的路西法，拿著手機走出會議室。

「明佳要陪我爸上醫院復健，況且，他連學校助教的工作都辭了，確實無法兼顧到公司。」

手機那頭，路西法聽著趙明師一連串的解釋，眉頭越皺越緊。

「我知道了，你就讓明佳安心照顧你爸爸，帳我會在香港挪一個人出來接手。」放下手機，路西法站在寬闊的窗景前，無奈的嘆了口氣。

路西法猜到趙明佳故意躲著他，可又不能質疑趙明師的話，世上有哪個子女會用詛咒自己父母的方式，來作為欺騙主管的理由？而且聽趙明師的口氣，似乎還沒有發現他和趙明佳吵架的事。

這樣也好，他們兄弟的感情這麼親密，如果趙明師知道真相，搞不好還會勸趙明佳離開他。明知道這樣的感情不可能被接受，可路西法還是義無反顧的陷了進去。他現在最擔心的，莫過於趙明佳會為了躲他而離開公司，所以，路西法一定要想辦法牢牢抓住趙明師，只要趙明師在，他就不怕趙明佳會棄公司於不顧。

為此，路西法只好找王雅菲商量，把之前搶來的股權，轉一部分給趙明師。

「我不同意。」可是，王雅菲馬上就反對了。

「姨……」

「我知道趙家兄弟很能幹，你也很希望留住這麼好的人才，但不要忘了，他們遠在臺灣，而且業務、財務獨立，你一旦將股權讓出去，不怕會有去無回嗎？」

「……」

「你身為一個企業的經營領導人，最重要的是對員工要公正、公平，趙明師雖然讓分公司的業績年年成長，但總公司這邊的努力你也不能漠視，否則，怎麼能服眾呢？」

「我聽說大陸現在重金挖角，像趙明師這樣的人可遇不可求，我只是不想讓他被挖走。」路西法拐著彎解釋，至少，目前不能讓王雅菲發現，他想留的人是趙明佳。

「那也不是沒有解決的辦法。」稍作思量的王雅菲說道：「你可以讓他持有臺灣分公司四分之一或三分之一的股份，雖然目前那邊的規模不大，但以他的拚勁，想必再努力個幾年，一定可以發展得很好。」

這的確是個好方法。

「而且，總公司的股權就算分給他，股份占比也不多，可分公司的資本額小，三分之一的股份對他而言，肯定是很大的吸引力。」

「嗯，這件事我會再好好想想。」

看來，姨是堅決不肯釋出香港這邊的股權了，路西法只好再找機會，探探趙明師的意思。畢竟，人的欲望是無止盡的，路西法只要敢給大餅，就一定能留得住人。

面對路西法的金錢誘惑，積極想闖出一番事業的趙明師，當然樂意之至。只是，這擺明了是利用他這個哥哥來套住趙明佳，趙明師又不是笨蛋，又怎麼會不懂？

令趙明師想不到的，是路西法對趙明佳竟然用情至此，可惜弟弟只喜歡郝寶貝一個，否則，路西法還真是個不錯的情人。

「在想什麼？」李曉詩懶懶的坐在椅子上晒太陽，自從懷孕後，她整個人就像洩了氣的皮球，動都不想動。

「問妳一件事。一個有錢又愛妳的男人，和一個妳愛又青梅竹馬的女人，妳會選哪一個？」

「有錢又愛我的男人。」李曉詩回答的毫不猶豫。

趙明帥隨即一愣，而後才加了句補充，「前題是，如果妳也是男的呢？」

不知前因後果的李曉詩白了趙明師一眼，沒好氣問：「幹嘛？哪個有錢的男人愛上你了？」

「沒……沒沒沒，不是，其實，他是愛上明佳了。」雖然八卦，但李曉詩是他未來的老婆，這種事，趙明師除了問老婆還能去問誰？

「什麼！明佳被有錢的男人給看上了？」吐了吐舌頭的李曉詩難以置信。

「對啊！我知道他很有人緣，但沒想到連男人都喜歡。」趙明師也不知道是該得意還是該煩惱。

「不會是……老男人吧！」

「不是，跟我一樣大，而且還是……認識多年的朋友。」雖然，同性相戀不再是什麼驚世駭俗的議題，但路西法畢竟是自己老闆，趙明師不想影響到李曉詩對他的觀感。

「可你弟不是一直都喜歡那個什麼寶貝的？」李曉詩記得，好幾年前她還曾為了那個寶貝，跟趙明師大吵過一架。

「對，所以才問妳意見啊！」避免話多說溜嘴，趙明師趕緊步入正題。

「那還不簡單，有錢的男人當小王，青梅竹馬的女人當老婆，不就一次解決了。」李曉詩摸摸微隆的肚子，一臉的雲淡風輕。

「噗！」正在喝水的趙明師凸瞪著雙眼，差點沒噴出一大口來。

原來，趙明師看上的女人跟他一樣猛，也是語不驚人死不休的個性，難怪會把看盡腥膻情色的八卦社社長趙明師給牢牢抓在手中。

為免照顧老爸復健的弟弟分心，趙明師並沒有把路西法分他股份的事告訴趙明佳。而勤作復健的趙爸爸也如高院長所預料，在短短的兩個月時間，就恢復了醫生的工作。

既然爸爸的病好了，趙明佳自然又開始助教的工作，唯有要不要回公司的事，他還在猶豫不決。

因為搬回老家的關係，他和郝寶貝又可以一起上下學了，以前熟悉的距離再次拉近，讓趙明佳又燃起了對郝寶貝的愛意。

這一次，趙媽媽沒有再阻止。

雖然哥哥再三提醒，趙明佳若是現在離職，容易影響到日後主管對他的信任，但趙明佳也不想讓人以為，他是腳踏兩條船的渣男。

「助教，你這題只講到一半。」學妹青青指著教科書，眨眨眼睛看著趙明佳，一臉的萌樣。

「哦！這題接下來要……」可惜趙明佳目不轉睛的盯著書本，完全忽略學妹的賣弄。

「這樣懂了嗎？」中午時間快到了，郝寶貝會在餐廳等他吧！

「不懂……」得了便宜還想繼續賣乖的青青，拉著趙明佳的手臂嬌嗔，「如果助教能陪我一邊吃飯，一邊講解，我一定就懂。」

「學妹，我已經有女朋友了，中午要陪女朋友吃飯。」趙明佳嚴詞拒絕，想讓她知難而退。

「女朋友而已，又不是老婆。」青青喃唸道：「就算是老婆也可以離婚再娶。」

女朋友而已？

還可以離婚再娶？

趙明佳都不曉得，現在女學生的道德觀念，居然墮落到讓人無法理解。姑且不說情侶間的劈腿，但既然選擇了婚姻，就應該對另一半忠誠，又怎麼可以朝三暮四，想著再另結新歡呢？

不過，結婚……

對啊！如果他結婚，那路西法應該就會死心了吧！

只是，郝寶貝到現在都還不肯接受他，婚要怎麼結？

「那還不簡單，先下手為強。」

每次遇到不能解決的事，趙明佳就會來找哥哥商量，可沒想到，趙明師居然會出個這麼……呃，齷齪的主意。

「不行，寶貝會把我打死。」

「那你就等著讓陸西華先下手為強吧！」兩手一攤的趙明師，一副事不關己。

「哥，都什麼時候了，你還開這種玩笑。」

「你是個男人，是男人對感情就要主動、強勢一點，現在媽已經不是阻礙了，我真搞不懂你還有什麼好猶豫的。」

「寶貝說她只喜歡帥的男人。」

「可惜帥的男人不喜歡她。」趙明師沒好氣的罵自己的弟弟，「我看你讀書讀到腦袋壞了，什麼話是真的，什麼話是藉口，你都分辨不出來？」

「藉口？」

「如果她那天跟去真的是因為陸西華，那受的打擊肯定很大，你覺得，在你這個情敵面前，她的自尊，還能再被喜歡她的人踐踏一次嗎？」趙明師煞有其事的分析起來。

「我……我怎麼可能踐踏她？」

「所以，她拒絕了你，是為了保住自己的面子。你想想看，如果她真的討厭你，幹嘛跟著你一起上下課，幹嘛跟你一起吃午飯，還趕走那些整天纏著你的無聊學妹，這就表示，她心裡其實是很在意你的啊！」

「真的？」雖然趙明師誇大的成分居多，但還是給了趙明佳很大的鼓勵。

「真的假的哥教你一個方法，一試馬上就知。」

「什麼方法？」

趙明師拉著弟弟的耳朵，巴拉巴拉的開始傳授他這個傻弟弟，把妹密技。

說什麼把妹密技，但其實這一招，路西法早在幾年前就用過了，只是那時候是用在趙明佳身上，而現在，趙明師把它改用在郝寶貝的身上。

在一個無預警的下午，趙明佳發了賴給郝寶貝，說下課臨時有事，無法陪她一起回家。

趙明佳助教的工作本就忙，不疑有他的郝寶貝剛開始並不以為意，但連著好幾天他都說有事，午飯也不一起吃了，讓每天等著他的郝寶貝，開始感到不滿。

終於，憤憤的郝寶貝提著便當，直接殺到辦公室來找趙明佳。

「真的嗎？助教，好好笑哦！那後來怎麼樣了。」

郝寶貝遠遠在辦公室外，就聽到一群嗲聲嗲氣的女生的聲音，一把火就直冒了上來。

「後來啊！就……」

「天哪！助教，你好可愛……」那群女生一陣嘩然，簡直快暴動了。

再也聽不下去的郝寶貝掄起拳頭，三步併作兩步的衝了進去，「趙明佳，你死定了。」

見趙明佳的身邊圍滿一群學妹，有的胸部都快靠到他的肩上了，郝寶貝不由分說，拿起便當盒就往他身上丟過去。

「啊！」學妹們見有人丟便當，紛紛尖叫逃開。

「寶貝，妳……妳別這樣。」幸好便當包得扎實沒散開，僅撒出一點湯汁濺在趙明佳的衣服上。

「別怎樣？你說你忙，沒空吃飯，原來是跟這些綠茶婊搞在一起。」

「喂，什麼綠茶婊，妳說話客氣一點。」一個不服氣的學妹大聲嗆道。

郝寶貝想起來了，她就是老閃著一對無辜大眼睛，纏著趙明佳不放的那個女生，居然還敢自己對號入座。

「不知道什麼是綠茶婊，自己照照鏡子就懂了。」郝寶貝一把推開她。

「原來又是妳這個送便當的阿姨。」青青當然知道郝寶貝就是趙明佳的女朋友，卻故意在大家面前講得難聽。

「是學姐，怎麼助教講的話都沒記住呢？還有，破褲子學妹，妳今天褲子補了沒？可不要內褲又跑出來丟人現眼了。」郝寶貝不忘對她上下打量。

「妳！」

青青還想回嘴，卻被趙明佳攔住。

「好了，都別吵了，時間差不多，大家都回去上課吧！」擦乾淨一身的湯汁，趙明佳揮手趕人。

「助教……」

還有白目的學妹賴著不走，郝寶貝撿起便當，打算再丟一次，那群學妹才嚇得快跑。

「妳也太過分了，怎麼能拿便當丟人，萬一打傷了人怎麼辦？」幸好只潑到他。

「怎麼，萬一打到你那些學妹會心疼？」一股氣就要發作的郝寶貝，鐵青著臉問。

「她們是學生，妳是學校的行政人員，要是打傷學生被家長告，妳還怎麼在這裡待？」早知道就不應該聽哥的餿主意，試什麼試，差點鬧出人命。

「不待就不待，反正這個工作也是路西法施捨的，又不是憑我自己的本事得到。」郝寶貝氣得眼眶都紅了。

「路西法只是讓學校招妳當工讀生，但現在這個職位就是妳努力來的，幹嘛否定自己呢？」為了安撫郝寶貝，趙明佳早把哥哥教的招數都忘了。

「努力有什麼用，還不是被人家當成阿姨。」不想再說下去的郝寶貝，轉身就走。

本來還在收拾一地便當的趙明佳，一看郝寶貝氣走了，連忙追上去，「她們是故意氣妳的，妳不要放在心上。」

「我放不放在心上關你屁事？你去找你的那些學妹就好了，管我幹嘛？」

「我不管妳誰管妳？」趙明佳喊道：「從小就是我管妳的功課，長大又管妳吃飯，現在又管妳心情，真不管妳，妳受得了嗎？」

「對，我就是受不了你不管我才來找你，我傻，我賤，這樣你滿意嗎？」郝寶貝氣得眼淚都飆出來了。

「滿意，我當然滿意。」微微一愣的趙明佳，突然衝上前，一把抱住郝寶貝，「沒想到哥的方法真的有效，超有效。」

郝寶貝還以為趙明佳要說出什麼動人心扉的情話，可居然是這樣牛頭不對馬嘴。

拉不下臉的郝寶貝想推開趙明佳，然而他抱得好緊好緊，完全不肯放。

「寶貝，看到妳為我吃醋的樣子，我好高興，好開心。」將郝寶貝的臉埋進自己的胸膛，趙明佳既感動又感激。

「誰……誰吃醋了，你少臭美。」

「對，我臭美。」哈笑兩聲的趙明佳，抬起郝寶貝那張紅透的臉，「我早該知道妳也喜歡我的，對不對？」

「呿！誰喜歡你了，我只喜歡帥的男人。」羞赧的郝寶貝推開他。

「我也很帥啊！不然，那些學妹為什麼整天纏著我？」趙明佳挺起胸膛。

「咳！她們……根本眼光有問題。」

「可妳以前也都纏著我啊！」

「……」

「而且，我記得妳說過，如果到二十五歲還沒有男朋友，就跟我在一起。」

「哪有！我只說讓你候補，那個……考慮讓你候補。」經趙明佳一提醒，郝寶貝才想起曾這麼說過，難道，趙明佳是因為這句話才一直等到現在嗎？

「那就對啦！我們今年不就二十五了嗎？妳要實踐諾言。」趙明佳牽起郝寶貝的手，又恢復成以前的痞子樣。

「虛歲不算。」

郝寶貝扯回手，沒想到趙明佳一個用力，竟將她摟進懷裡。

「初吻都給了，怎麼能不算？不管妳答不答應，我都一定會對妳負責的。」趙明佳話一說完，便低下頭，將自己的脣貼在郝寶貝的脣上。

雖然之前是郝寶貝主動獻吻，但那時是為了氣走路西法，可現在……

溼溼軟軟的觸感有些溫熱，還帶了點心跳的怦怦然，瞪大眼睛的郝寶貝眨了眨，好確定真的是趙明佳吻了她。

只見趙明佳閉著眼睛，兩唇越貼越緊，越貼越緊，然後，他吮住郝寶貝的上唇，打算更進一步——

「嗯……」

該死！郝寶貝居然聽到自己的呻吟聲，是有這麼享受嗎？

「嗯，咳咳咳！」

連續的重咳聲，驚醒了完全沉醉其中的趙明佳。

重重一嚇的郝寶貝，連忙推開趙明佳，並緊趕將嘴上的濡溼擦乾淨。

「你們，唉……身為學校的助教和行政人員，竟公然在傳道解惑的學術殿堂裡親親我我，實在太不像話。」頭髮幾乎全白的老教授，一手推了推鼻梁上的黑框眼鏡，一手指著面前臉紅到耳根的年輕男女，一副世風日下的憤慨。

「對……對不起！」羞愧至極的趙明佳怪自己一時衝動，居然忘了還在學校裡面，連忙彎腰賠罪。

「對不起！」感覺臉都要丟盡的郝寶貝，也趕緊低下頭賠不是。

「你們該向那些學生道歉才對，剛剛的舉動他們全看到了，明天要是有人長針眼，你們得負責。」

老教授這麼一說，惶恐指數破錶的趙明佳和郝寶貝向左右看去，才發現長廊兩邊早就擠滿了拿手機錄影的學生。

「嗚……臭明蝦，看你做了什麼好事。」簡直想死的郝寶貝掩著臉，逃離現場。
「你……你們，手機千萬別亂傳，不然寶貝會殺了我。」趙明佳對著那群看好戲的學生求饒。
「放心，助教，我們一定會對你負責的。」放聲大笑的學生們齊喊。

趙明佳激吻郝寶貝的養眼畫面，馬上就被學生們瘋傳到各大社群網站。有的善心人士還會稍微馬賽克一下，有的是直接第一手畫面就丟上網，甚至還有學生在靠北社團裡抱怨，說連助教都公然在學校放閃，以後都要戴墨鏡上學了。

學校在知道這件事後，重重的懲處了趙明佳和郝寶貝兩個人，認為他們的私人關係就應該私下處理，怎麼能在學校裡打打鬧鬧，又親來親去的，實在有違純淨、優良的校風。

為了表示歉意，趙明佳暫辭助教的工作，而郝寶貝也請了幾天假待在家，這次的臉丟得這麼大，學校一定很多同事等著看她笑話。

八卦社也趕上這波新聞熱潮，不但打聽到趙明佳為愛放棄T大，離家苦守郝寶貝的過去，還把他這幾年的單戀心情寫得可歌可泣、驚天動地，甚至加油添醋，描述得有如言情小說般的虐心到極點，而電視連續劇般的八卦題材，也讓原本就受學妹們喜歡的趙明佳，一夕爆紅。

話說現代的社會，渣男、賤男、劈腿男無處不在，缺的就是像趙明佳這種從一而終的好男人。可惜的是，這樣的純情男子看上的，居然是像郝寶貝那種動不動就暴力相向的恰查某。

於是各種同情、表白，甚至高調示愛的訊息，灌爆趙明佳的賴，煩不勝煩的他，到最後連學校都不敢去了。

母親節前夕，趙明師在知名餐廳訂了位，打算讓辛苦的趙媽媽，享受一下兒子貼心的溫暖。

初接到電話的趙媽媽還一臉的不可置信，因為，趙明師打小就是個叛逆心重的孩子，也不像趙明佳那樣體貼。

都說要當了父母，才了解當父母的辛苦，趙明師會有這樣大的改變，完全是因為他目睹李曉詩懷孕的過程。

孕吐、胃口不好、嗜睡、提不起精神，當母親的懷個孕都要經歷這麼多辛苦，更何況養大一個孩子？這也讓趙明師終於了解，為什麼爸爸、媽媽要對他這麼嚴苛，不都是望子成龍的心情嗎？

難得一家人的餐會，趙媽媽也讓趙明佳去請郝寶貝一起吃，可礙於人家是家庭聚會，李曉詩是他們將過門的媳婦，自然能參加，但郝寶貝要用什麼身分去啊！

「當然是小媳婦的身分啊！」趙明佳寵溺道：「我媽特別交代，妳要是不去，我也不用吃了。」

發生學校那件事後，郝寶貝足足生了趙明佳三天的氣。只是趙明佳實在太了解郝寶貝了，每天除了嘻皮笑臉的陪她，還買了一大堆好吃好喝的哄著，果然很快就讓郝寶貝消氣了。

「你胡說什麼?當心我爸打你。」雖然心裡甜滋滋，但郝寶貝還是嘴上不饒人。

「郝爸、郝媽最疼我了，他們才捨不得打我。」趙明佳一把抱起窩在沙發裡的郝寶貝，臉貼著臉耍賴，「我媽都認證了，妳還不放心？」

還不習慣這麼親密的郝寶貝扭了扭，撒嬌道：「幹什麼?萬一我媽回來看見……」

「妳媽剛出門，不到兩個小時不會回來。」被扭得全身冒火的趙明佳扳過郝寶貝的臉，低頭就是一陣熱吻。

臭明蝦，擺明了趁她媽媽不在，吃她豆腐。

郝寶貝伸手推他，可趙明佳一個大男人，她哪推得動，既然推不動，索性……就享受一下吧！看動漫裡的男女主角每每都吻得如膠似漆，難分難解，郝寶貝年紀一大把了才體會到這種感覺，說出去都會被笑死。

可是，接吻就接吻，臭明蝦咬什麼咬啊！

趙明佳又不是國中生，僅僅兩唇相貼當然不夠，他抱著身體漸軟的郝寶貝倒在沙發上，舔開她的嘴唇就想攻進去。

郝寶貝只覺得被吻得頭暈腦脹，呼吸困難，於是很配合的張開嘴巴，可沒想到，趙明佳居然舌吻她。

「唔！」溫熱的舌頭伸了進來，郝寶貝腦袋一熱，兩手緊抓著趙明佳的衣服，幾乎是任他予取予求，直到……

「啪！」郝寶貝一巴掌拍在趙明佳的臉上。

忘情激吻的趙明佳瞬間一愣，不曉得郝寶貝又怎麼了？

「寶貝？」捂著左臉上的火辣，不明所以的趙明佳一臉委屈。

「呼呼呼，你……我都快……快被你吻到沒氣了。」

原來是這樣。

看著郝寶貝大口吸氣的樣子，好像真的缺氧了，這讓趙明佳有點嚇到，忙說：「那我渡一點氣給妳。」

說著說著，又把嘴巴湊過去。

「渡什麼氣？再吻下去我就斷氣了。」郝寶貝氣得都不曉得該說什麼了。

「那……我下次吻輕一點。」明明是鼻子吸氣又不是用嘴巴，怎麼會斷氣呢？不懂。

當然，同樣沒經驗的郝寶貝也不懂。

「下次限吻一分鐘。」

「啊！那怎麼夠？」

「不夠自己想辦法。」

「寶貝……」

「滾。」

由於趙明佳遲遲沒有回公司上班，路西法只好再飛一趟臺灣，順便和趙明師簽訂股權分配的事情。

雖然趙明師再三勸阻趙明佳離開公司，但為了避免見面尷尬，趙明佳還是執意在畢業後，正式提出辭呈。

以前郝寶貝不接受趙明佳時，趙明師這個哥哥都沒能攔得住，更不用說現在兩人濃情蜜意、如膠似漆，趙明師無法，只好據實告訴路西法。

「是嗎？」事情果然如路西法所想，趙明佳終於打動郝寶貝了。

「我知道你將分公司的股份轉給我，是為了留住明佳，但既然事情講清楚了，我也不能平白無故的接受你的贈予。」趙明師將股權轉讓協議書，還給路西法。

「誰說我是為了明佳才轉股份給你的？」兩手交握的路西法沒有接回，「身為集團的總裁，一個企業的領導人，難道，我連公私都分不清楚嗎？」

路西法以一貫淡漠的表情，嚴肅且認真的告訴趙明師，「我需要的，是願意和我一起打拚的主管和幹部，不是人情包袱。」

趙明師知道路西法公正，但沒想到他的氣度也這樣大。

「所以從今天開始，你就是臺灣分公司的大股東，以後你打下的十分天下，就有三分是自己的，如果你還有本事讓公司上市、上櫃，那才是你成功的開始。」

同樣的年紀，不同的視野，路西法果然有領導人的氣魄，趙明師不得不佩服起他。

「雖然感到受寵若驚，但我會用成績來證明，你的眼光沒有錯。」趙明師欣然簽下協議書。

「你不是說，今年要結婚的嗎？怎麼還沒有收到喜帖？」路西法問道。

「我老婆說大著肚子穿婚紗不好看，打算生完再辦。」簽完協議書的趙明師，拿給路西法確認，「預計是年底吧！等飯店訂好了就通知你。」

「哦！」收下協議書的路西法看了下，心思卻已經飄向另一處。

年底嗎？那表示，路西法要等到年底才有機會再看到趙明佳。

在自己哥哥的婚禮，他總不能再躲了。
也許過不了多久，他也會像趙明師一樣，娶妻生子了吧！
沒關係！只要趙明佳過得好，不見面也沒關係。
一個人的愛戀，是孤單，而成就另一個人的愛戀，是辛酸。
路西法告訴自己，他可以等，不管多久，他都可以一直等下去。

【完】

要青春117　PG2931

要有光
FIAT LUX

路西法薰鴨日記

作　　者	是風不是你
責任編輯	劉芮瑜
圖文排版	黃莉珊
封面設計	嚴若綾

出版策劃	要有光
發 行 人	宋政坤
法律顧問	毛國樑　律師
印製發行	秀威資訊科技股份有限公司 114台北市內湖區瑞光路76巷65號1樓 電話：+886-2-2796-3638　傳真：+886-2-2796-1377 http://www.showwe.com.tw
劃撥帳號	19563868　戶名：秀威資訊科技股份有限公司 讀者服務信箱：service@showwe.com.tw
展售門市	國家書店（松江門市） 104台北市中山區松江路209號1樓 電話：+886-2-2518-0207　傳真：+886-2-2518-0778
網路訂購	秀威網路書店：https://store.showwe.tw 國家網路書店：https://www.govbooks.com.tw
總 經 銷	聯合發行股份有限公司 231新北市新店區寶橋路235巷6弄6號4F 電話：+886-2-2917-8022　傳真：+886-2-2915-6275

出版日期	2025年4月　BOD一版
定　　價	350元

讀者回函卡

Printed in Taiwan

國家圖書館出版品預行編目

路西法薰鴨日記 / 是風不是你著. -- 一版. -- 臺北市 : 要有光, 2025.04
面 ; 公分. -- (要青春 ; 117)
BOD版
ISBN 978-626-7515-20-4(平裝)

863.57　　113014006